A. E. Hotchner

恋爱中的海明威

Hemingway in Love
His Own Story

[美] A. E. 霍奇纳 著
孙 菲 译

上海社会科学院出版社
SHANGHAI ACADEMY OF SOCIAL SCIENCES PRESS

图书在版编目（CIP）数据

恋爱中的海明威 /（美）A. E. 霍奇纳著；孙菲译. —上海：上海社会科学院出版社，2018
书名原文：Hemingway in Love: His Own Story
ISBN 978-7-5520-2474-6

Ⅰ.①恋… Ⅱ.①A…②孙… Ⅲ.①回忆录—美国—现代 Ⅳ.①I712.55

中国版本图书馆CIP数据核字（2018）第225856号

著作权合同登记：图字09-2017-654号
HEMINGWAY IN LOVE: HIS OWN STORY
Text Copyright © 2015 by A. E. Hotchner
Published by arrangement with St. Martin's Press. All rights reserved.

恋爱中的海明威 Hemingway in Love: His Own Story

著　　者：［美］A. E. 霍奇纳（A. E. Hotchner）
译　　者：孙　菲
责任编辑：王　勤
特约编辑：郑新东　石佩佩
装帧设计：夏玮玮
出版发行：上海社会科学院出版社
　　　　　上海市顺昌路622号　　邮编：200025
　　　　　电话：021-63315900　　销售热线：021-53063735
　　　　　http://www.sassp.org.cn　E-mail:sassp@sass.org.cn
排　版：上海万墨轩图书有限公司
印　刷：上海市崇明县裕安印刷厂
开　本：787×1092毫米　1/32开
印　张：6.625
字　数：90千字
版　次：2019年12月第1版　2019年12月第1次印刷

ISBN：978-7-5520-2474-6/I·300　　　　定价：49.80元

版权所有，侵权必究

献给我的妻子
FOR MY WIFE

图一 1954年，西班牙，潘普洛纳：圣佛明节时，欧内斯特·海明威和霍奇纳在巧克酒吧喝酒。

所有真正的邪恶都是从纯真开始的。

——欧内斯特·海明威

目 录 CONTENTS

序言 Preface
001

第一部分 PART ONE
　圣玛丽医院的病房　*015*

第二部分 PART TWO
　威尼斯格瑞提皇宫酒店汇合　*035*

第三部分 PART THREE
　哈里酒吧分道扬镳　*067*

第四部分 PART FOUR
　潘普洛纳的圣佛明节　*077*

第五部分 PART FIVE
　在基韦斯特揭示的真相　*085*

第六部分 PART SIX
　信赖与绝交　*097*

第七部分 PART SEVEN
一百天结束 *129*

第八部分 PART EIGHT
婚礼的钟声为谁而鸣 *139*

第九部分 PART NINE
与费孚短暂而不幸的婚姻生活 *153*

第十部分 PART TEN
巴黎也会让人伤心 *167*

第十一部分 PART ELEVEN
圣玛丽医院的病房 *185*

后记 Postscript
199

图片来源 Photograph Credits
201

序 言

50年前,也就是在欧内斯特去世后的几年,我写成《海明威老爹》(*Papa Hemingway*)一书,讲述了我们13年间的冒险经历与不幸遭遇。有些读者可能没有读过此书,所以,在此我要再次提到1948年的那个春天,我被派往哈瓦那执行一项荒唐的任务——请海明威写一篇文章,谈谈"文学的未来"。我在《大都会》(*Cosmopolitan*)杂志社工作,那时它是一本文学杂志,还没有被海伦·格利·布朗[①]阉割。杂志编辑当时正在策划一个关于各行业的未来发展

[①] 海伦·格利·布朗(Helen Gurley Brown,1922—2012),曾任《大都会》杂志主编,将其从文学杂志缔造成为畅销女性时尚杂志。——译者注

的选题：请弗兰克·劳埃德·赖特①谈谈建筑的未来，请亨利·福特二世②谈谈汽车的未来，请毕加索谈谈艺术的未来，还有我刚才提到的，请海明威谈谈文学的未来。

作家们只知道自己第二天早上写些什么，当然不会知道文学的未来会是怎样，但我还是入住了纳斯奥纳尔酒店（Hotel Nacional），我的目的很明确，那就是要敲开海明威的房门，请他为曾经辉煌的《大都会》杂志预测一下文学的未来。我曾试图逃避这项讨厌的任务，但杂志社告诉我"要么去做，要么走人"，我没法"走人"，因为这份工作我刚刚做了六个月，此前我拿到空军转业费后在巴黎挥霍无度了一整年，这是我现在能得到的唯一的工作。

我选择了一个折衷的办法，像胆小鬼一样给海明威写了个便条，请他给我写张简短的回绝信，因

---

① 弗兰克·劳埃德·赖特（Frank Lloyd Wright，1867—1959），美国最伟大的建筑师之一，四大现代建筑师之一。——译者注
② 亨利·福特二世（Henry Ford II，1917—1987），美国汽车企业家，福特汽车创始人亨利·福特的孙子。——译者注

为这对"霍奇纳的未来"至关重要。

第二天清晨,我收到的不是海明威写的便条,而是他打来的电话,他提议五点钟去他在哈瓦那最喜欢的小佛罗里达酒吧(Floridita)喝上几杯。他准时到达约会地,他的出现非常强势,我说的不是他的身高,因为他只有一米八五左右,而是他的影响力。他一进门,在场的所有人都朝他打招呼。

酒保给我们上了两杯冰代基里酒①。酒装在圆锥形玻璃杯里,杯子大得足够装下长茎玫瑰。

"多布拉斯(Papa Doblas),"欧内斯特说,"是代基里酒酿造者艺术的终极成就。"他同我讲着知名作家、来这里参加春季训练的布鲁克林道奇队②、演员、职业拳击手、好莱坞的弄虚作假、鱼类,以及政客。他见解独到,语言幽默,几乎无所不谈。

---

① 代基里酒(daiquiri)是一种由朗姆酒为底,加入酸橙汁或柠檬汁和糖混合的加冰鸡尾酒,是海明威深爱着的一种鸡尾酒。——译者注
② 布鲁克林道奇队(Brooklyn Dodgers),美国职业棒球队,1958年迁至洛杉矶后更名为洛杉矶道奇队(Los Angeles Dodgers)。——译者注

但唯独不谈"文学的未来"。我们喝过第四杯或是第五杯代基里后——我记不清是第几杯了——他突然离去,尽管朗姆酒让我记忆模糊,但我还能记得他说第二天早上六点会来接我,乘坐他的"皮拉尔号"船(Pilar)去莫罗城堡①附近的海域游览一番。回到宾馆后,尽管我已经握不稳笔,但还是能在宾馆提供的一页信纸上记下一些对话笔记。同他交往的这些年,我养成习惯,每天都把他的言语和活动随手记录下来。后来,我根据我的微型录音机录下来的对话,扩充了我的笔记。那是一个巴掌大小的设备,里面装着磁带,一次可以录制90分钟。我和欧内斯特有时候就用录音带进行通信。虽然磁带用不了多久就会绞带,但我发现它们还是很有用的。

欧内斯特坐在"皮拉尔号"的顶层驾驶舱内,沿海岸线驾驶了几个小时。返程路上,我们钓到一条鱼,他称之为"发育不良的马林鱼",但在我看来,

---

① 莫罗城堡(Morro Castle),位于哈瓦那旧城,1555年开始修建以保护海上贸易,现被古巴政府改为航海博物馆。
——译者注

它是一条未发育的鲸。他用皮绳把我固定在钓鱼椅子上，把又大又笨重的鱼竿和线轴递给我，鱼竿的那一头钩着马林鱼。我在船上捕过的最大的鱼也不过是10磅重的鲈鱼，此刻我一定需要下很大一番力气，或许还会让马林鱼脱钩，但欧内斯特一直在引导我，从什么时候甩绳放钩，到什么时候起竿钓鱼。但当欧内斯特同他的伙伴格雷戈里奥·富恩特斯[①]把马林鱼从鱼钩上取下来放生时，逮住这条猛兽的兴奋变得悄无声息。

"我们可以成立新的渔民工会[②]了，"他开玩笑地说，"霍奇纳和海明威，马林鱼供应商。"不管这条马林鱼到底是不是发育不良，我都没能来得及站在甲板上抓着它的尾巴照一张相，但他的话让我的遗憾一扫而光。

随后的几年里，我经常发现欧内斯特对像我这样的年轻人颇有耐心，他能从容自在地同他们交流。以

[①] 《老人与海》（*The Old Man and the Sea*）主人公圣地亚哥的人物原型。富恩特斯（Gregorio Fuentes）曾在暴风雨中搭救海明威，此后两人成为挚友。——译者注
[②] 原文为法文 syndicat des pecheurs。——译者注

我为例，我虽然在部队接受过枪支训练，但对于飞鸟射击却一无所知，可在欧内斯特的耐心引导下，我对于从爱达荷州锯齿山脉脚下的运河中一跃而起的绿头鸭，或是稻田里冲出来的雄野鸡，已经可以熟练地举枪射中。我们接触得越多，就越觉得外界关于他个性粗鲁好斗的传言，只不过是外人的虚构，他们不了解他，而是仅仅通过他的作品来对他进行主观评判。对于别人的挑衅，他的确会奋起反抗，但我从没有看过他侵犯别人。

我们从海上返回纳斯奥纳尔酒店，在酒店门前告别时，欧内斯特第一次对我说："事实上，我不知道任何事情的未来。"

我承认，这的确是个愚蠢的请求。

他问杂志社给出的报酬是多少，我说是一万美元。他说，嗯，这些钱值得写出个"某物的未来"，或许可以写个短篇小说，他还说我们要保持联系。

接下来的八个月时间，我们一直有联络，最后一次联系时他告诉我他正在创作一部小说，再后来我为杂志社编辑了这部小说。在此过程中，我陪同欧内斯特和他的妻子玛丽前往巴黎和威尼斯，共同商定小说《渡河入林》（*Across the River and into the Trees*）中某些章节的细节。而这就是我们友谊的开始，在接下来的十几年里，我们一起参加了他最喜欢的冒险活动：仅举几例，我们一起去凯彻姆（Ketchum）搜寻野鸡、野鸭和匈牙利山鹑；去马德里、马拉加以及萨拉戈萨[①]观看斗牛比赛，看伟大的斗牛士安东尼奥·奥多涅斯（Antonio Ordóñez）和路易斯·米古尔·多明吉恩（Luis Miguel Dominguín）[②]举办的双人斗牛赛；去深海钓马林鱼，在哈瓦那观看回力球[③]比赛；在巴黎奥特伊（Auteuil）观看越野障碍赛马，去纽约观看世界职业棒球赛（World Series）以及职业拳击冠军赛。

但回首那些年，有一件事严重影响了我们的冒险之旅：欧内斯特在非洲丛林里接连不断遭遇飞机坠毁事件。第二次飞机坠毁时，他在鬼门关走了一遭。

[①] 马德里（Madrid）、马拉加（Malaga）、萨拉戈萨（Zaragoza）均为西班牙城市。——译者注
[②] 海明威后根据两位斗牛士的故事及与他们的交往写成《危险的夏天》（*The Dangerous Summer*）一书。——译者注
[③] 类似手球的球类运动，发源于西班牙巴斯克地区。——译者注

他被这次经历打倒了,关于生命中这段痛苦时期,他从未向任何人提起过,但他怕再没有机会讲给他人,所以决定讲给我听。

在巴黎写作《太阳照常升起》(*The Sun Also Rises*)时,他同时爱上了两个女人。这段经历让他悲痛欲绝,终生难忘。后面的几年里,我们共同旅行时,他又经历了同样的痛苦。

我曾在《海明威老爹》的初稿中讲述了他的这些情感关系,但就在该书出版前,出版商兰登书屋[①]将样稿交给了律师进行审查,律师们一丝不苟地将稿子投入他们的"法律榨汁机"。结果,书中的所有在世的人的内容都被删减。关于书中的所有人,律师们都对我进行了询问,他们甚至要我证明已去世20年的 F. 斯科特·菲茨杰拉德[②]确实已经不在人世。

[①] 兰登书屋(Random House),成立于1927年,总部位于美国,在整个20世纪的世界图书界中扮演着举足轻重的角色。——译者注

[②] F. 斯科特·菲茨杰拉德(F. Scott Fitzgerald,1896—1940),美国作家、编剧,著有《了不起的盖茨比》(*The Great Gatsby*)。——译者注

当时我之所以同意隐瞒欧内斯特的内心想法，还有一个个人原因。作为朋友，玛丽·海明威[①]为人善良忠诚，我想，得知欧内斯特对其第一任和第二任妻子的看法，一定会伤害到她，所以，不让她知道这些最好不过。

随着时间的流逝，那个时期内所涉及的所有人都已与世长辞。我将《海明威老爹》一书手稿中被删除的部分保留了下来，在此基础上，现在又加上了我当初做的大量原始笔记，以及在小型录音机损坏之前从中搜集的内容，写就了本书。我对那段我人生重要时期里所发生的事以及大家的评论，都记忆犹新。

欧内斯特的一字一句仍在我耳旁回响。他从不记日记，也不写随笔，但对于大家说过的话都记得。他的记忆力惊人，不仅能想起发生在许久以前的对话，还能模仿出同龄人说话的节奏和风格，比如 F. 斯

[①] 玛丽·海明威（Mary Welsh Hemingway，1908—1986），美国作家、记者，海明威的第四任妻子。——译者注

科特·菲茨杰拉德、约瑟芬·贝克①、格特鲁德·斯泰因②等,以及其他巴黎常客。这种惊人的能力展现在他长篇和短篇小说的对话之中。我个人就可以证实他的这种能力,因为他曾在《危险的夏天》中完整再现了一段与我的对话,实际上这段对话发生在很久以前的一场斗牛比赛之后,而后过了许久他才将它写下来。

我曾问过他是否通过写日记或是写随笔等方式来补充记忆。他说:"不,我从不记日记,也不写随笔,因为那样会让事情变得枯燥乏味。我只是按下回放键,声音就会播放。如果声音无法重现,就说明它不值得保留。"

关于这一言论,我有两点要加以说明。我们在旅行途中,欧内斯特按下"回放键"向我讲述他生命中一段敏感时期,只不过是重播给我听,在他回忆遥远过去的人和事时,我从未试图纠正或更改任何信息;尽管某些地方欧内斯特可能将其浪漫化或是略加

---

① 约瑟芬·贝克(Josephine Baker,1906—1975),美国黑人舞蹈家、歌唱家,海明威称赞她为"全世界最漂亮的女人"。——译者注
② 格特鲁德·斯泰因(Gertrude Stein,1874—1946),犹太人,美国小说家、诗人、剧作家、理论家和收藏家,影响了包括海明威在内的"迷惘一代"作家。——译者注

夸张，或是某些细节安错了地方，但我认为这些零星的瑕疵就是他本人的重要部分。例如，当欧内斯特谈及墨菲的工作室，也就是他同哈德莉①分居后的住所，他说那是六楼。其他人知道墨菲的工作室设在五楼。这些地方，我们以欧内斯特的记忆为准。

我要说明的另一点是，在讲述欧内斯特的故事过程中，我绝不是一个不带感情的旁观者。多年以来，我和欧内斯特一起度过的时光对我来说是与众不同的。他就是我的老爹。我一直知道他的重要性，他的所言所行的重要性。录音带早已失效，我基于录音带所做的随手笔记对于我的记忆大有帮助，当我在写这本书时，主要是依靠自己的回忆与筛选。

我怀揣欧内斯特的私人经历，活了许久。这不是封存已久、需要费许多大力气才能想起的一段记忆。我们在旅行过程中，他将这些故事讲述给我、委托给我，是有目的的。这些年来，我一直被委托保管着这些故事，此刻我感觉，我从记忆中把它们讲述出来，是我作为受托人要对欧内斯特应尽的责任。

---

① 哈德莉·海明威（Hadley Richardson Hemingway），海明威第一任妻子，曾遗失海明威手稿。——译者注

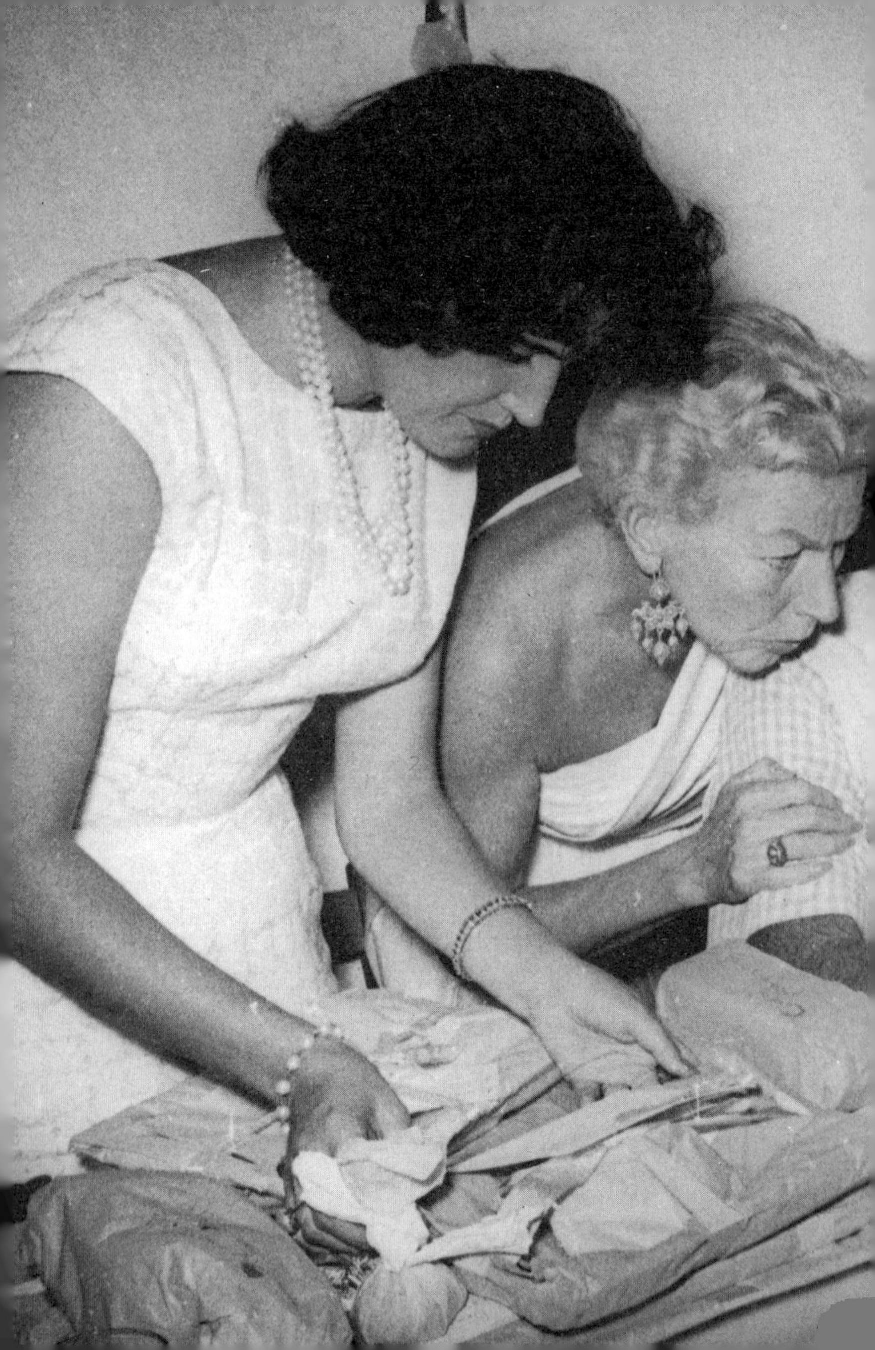

图二 1959年，西班牙，邱里亚纳村：欧内斯特在举办60岁生日派对，和妻子玛丽围坐在礼物旁。

第一部分
PART ONE

圣玛丽医院的病房
A Room at St. Mary's Hospital

1961年6月初,我从好莱坞返回纽约时,搭乘航班经停明尼阿波利斯市(Minneapolis),在那儿租了辆车,前往90英里外的罗切斯特市(Rochester)圣玛丽医院。我的挚友——欧内斯特·海明威——第二次住进那里的精神科,由附近梅奥诊所的医生诊治。几周前,就在他第一次住院期间,我在前往好莱坞的途中去看望了他。

过去的六个星期里,欧内斯特接受了第一个疗程的电休克疗法(又称ECT治疗)。在此期间,医生不许他接打电话或接受探望,即便是他的妻子玛丽也不能探望他。目前是电休克疗法第二个疗程开始前的暂缓期,梅奥诊所的医生准许他打电话给我,并安排了探望。

虽然梅奥诊所自身没有医疗设施,但是隶属于罗切斯特市圣玛丽医院。该医院由一群干劲十足的修女管理，她们允许梅奥诊所的医生对收治的病人进行医治。

那时，电休克疗法的过程非常残忍。在不使用麻药的情况下，医生将电流注入病人的大脑，病人疼得只能紧咬木棒，满地打滚。梅奥诊所的医生在诊断出欧内斯特患有抑郁症以后，决定采用电休克疗法。

当时，关于他的低迷状况，外界有诸多猜测：有人说他罹患晚期癌症，有人说他遇到了经济困难，还有人说他同玛丽发生了争执。

这些传言都不真实。他的至交们知道在过去的一年里，他一直饱受抑郁症和妄想症的折磨，却始终没有找到病根——如果的确有病根的话。我曾试过同他讲道理，希望在一定程度上帮助他克服毁灭性的恐惧症，不过事实表明，就算有一点点成效，也只是暂时性的，聊以慰藉罢了。我也试过让他摆脱身边的消极环境，安排他去他梦寐以求的世界各地的钓鱼场度假，他却在出发前夕打了退堂鼓。当玛丽劝他去见精神病医生时，他说见鬼，他才不去。他还说科罗娜打字机就是他的精神病医生。

我和欧内斯特的友谊持续了 13 年之久。在此期间，我们经常见面。我把他的许多长、短篇小说改编成剧本，制作成电视特别节目、戏剧或电影。我们一起周游世界，去过法国、意大利、古巴、墨西哥，还有西班牙。在欧内斯特的妄想症发作前的那个夏天，我和他去了西班牙，游历了许多城市，同时也享受了一段精彩纷呈的斗牛之旅。当时，西班牙卫冕斗牛士——安东尼奥·奥多涅斯和他的连襟路易斯·米古尔·多明吉恩——在这些地方举办双人斗牛赛（一般斗牛比赛有三位斗牛士参加，而在这场致命的比赛中竞技的却只有两位斗牛士）。在雷阿尔城（Ciudad Real），安东尼奥让我穿上他的一套行头，给我起名为"雀斑（El Pecas）"，欧内斯特则诱使我走进斗牛场，为这些了不起的斗牛士做 sobre-saliente[①]（也就是第三位斗牛士，只有在斗牛场上的两位斗牛士受伤时才上场），他做我的经纪人。作为 sobre-saliente，我必须像专业斗牛士一样赢得观众的掌声，但欧内斯特

---

① 西班牙语。——译者注

告诉我,要紧跟安东尼奥——他巧妙地把牛引向自己,帮我完成这项任务。

欧内斯特对生活的热情极具感染力。

1959年7月,我们在马拉加省山岗上的邱里亚纳村(Churriana)庆祝了欧内斯特的60岁生日,精彩纷呈的生日派对持续了两天之久。欧内斯特的第四任妻子玛丽·海明威为这次生日倾注了全部精力。她认为,由于欧内斯特不配合,此前的生日与其说是庆祝,不如说是一次间歇,所以她下定决心用这次生日弥补以前错过的所有派对。她做到了。

派对上准备了产自巴黎的香槟,伦敦买来的中餐,产自马德里的巴斯克式炖鳕鱼[①],巡游嘉年华活动中的射击摊位,瓦伦西亚(Valencia,烟花胜地)来的烟花燃放专家,来自马拉加的弗拉明戈舞者,以及托雷莫里诺斯(Torremolinos)的音乐家。司仪、神父从世界各地汇聚于此,包括斋浦尔大君及其妻儿,库奇-比哈

---

① 原文为 bacalao à la Vizcaína,西班牙语。——译者注

尔大君及其妻子①，还有来自华盛顿特区的巴克·拉纳姆将军（Buck Lanham）（二战时欧内斯特因工作原因参与许特根森林战役②，其作战部队就是由他统帅），从波恩③飞来的大使及戴维·布鲁斯④夫人，马德里各界名流，还有欧内斯特在巴黎的诸多老友。

欧内斯特玩得很痛快。他在射击亭里用一把老旧的来福枪射中了库奇-比哈尔大君和西班牙头号斗牛士安东尼奥·奥多涅斯二人嘴上衔着的烟蒂，还带大家转着圈跳起康加舞⑤。他很开心地拆开堆成小山的礼物，还举起来给大家看。

当瓦伦西亚来的爆竹专家点燃一片巨型烟花，派对

---

① 斋浦尔（Jaipur）是印度北方重镇、旅游古城，库奇-比哈尔（Cooch Behar）是印度东部地区。——译者注
② 二战中美军和德军在许特根森林（Hürtgen Forest）进行的一系列激烈战斗的统称，是美军历史上消耗最大、收获最小、指挥最不利的战役之一，海明威任随军记者。——译者注
③ 波恩（Bonn），德国西部城市，1949年到1990年间曾是联邦德国的首都。——译者注
④ 戴维·布鲁斯（David Bruce，？—1985），美国杰出外交官，曾先后任驻联邦德国、法国和英国大使，首任驻华联络处主任。——译者注
⑤ 一种古巴舞蹈，由众多舞蹈者列队进行。——译者注

进入高潮。烟花坠落在房子附近的一株王棕树上,将树梢点燃。火情惊动了马拉加消防队,消防员带着钩子和消防梯子全部抵达现场,他们仿佛是直接从麦克·塞纳特①的喜剧里跑出来的。他们爬上树梢,把火熄灭,然后欧内斯特立刻邀请他们加入派对。接下来的整个夜晚,欧内斯特一直戴着消防队长的钢帽;安东尼奥把消防车占为己有,一圈又一圈地开着,欧内斯特坐在他身旁,汽笛嘟嘟地响个不停。

那个夏末成了最后的美好时光。

接下来的一年里,我见证了欧内斯特行为上的变化,这些变化突如其来,让人费解:他无法为《生活》杂志②对《危险的夏天》进行简写,为此受尽折磨;他没有去爱达荷州凯彻姆附近参加每年一度的射猎野鸡活动。这是自打他住在这里以来,第一次没有去参加这项活动;

---

① 麦克·塞纳特(Mack Sennett,1880—1960),美国喜剧电影的代表人物,创办启斯东(Keystone)制片厂,发掘并培养了喜剧演员卓别林。——译者注
② *Life* 杂志,美国图画杂志,创办于纽约,内容以专题照片、特写为主,题材广泛。——译者注

他突然坚称自己经常去打猎的地方正禁止打猎。随着妄想症愈加严重，他开始认为自己的车和房子都在被联邦调查局窃听，美国国税局的特工人员在查他的银行账户。

最后一次去凯彻姆时，我在离开前一天的傍晚，和玛丽、欧内斯特一起去吃晚饭。欧内斯特似乎情绪很好，但饭吃到一半，他突然神情紧张，低声说我们必须马上离开饭店。玛丽问他怎么了。

"酒吧里有两位联邦调查局的特工。"

后来，玛丽把我拉到一边，她整个人焦虑不安。欧内斯特每天都花上几个小时修改他在巴黎时写成的手稿，但他什么都写不出来，只是在那儿不停地翻来翻去。他经常说到要自杀，有时还会站在枪架旁，手里拿着一把枪，注目窗外。凯彻姆的医生经过努力劝说，终于说服他用化名住进了圣玛丽医院的精神科，梅奥诊所的医生就是在那里对他进行了一系列的电休克治疗。

他用病房走廊里的电话打给我。他听上去很有自控力，但声音中却强压着一股不该有的劲头。他的幻觉没有发生改变，亦没有消失：他的房间被窃听，电话被录音，他怀疑一位实习医生是联邦政府工作人员。我曾希望经过医治，他的注意力能从那一系列被侵犯权利的事情上转移开，但不幸的是，这通电话表明，结果正好相反，病症更加严重。

在欧内斯特接受一系列的电休克治疗、看过许多次精神科医生后，我在前往好莱坞的途中，第一次前去探望他，我依然希望他能少受妄想症的折磨，但事与愿违，同样的强迫意念仍然困扰着他。

不可思议的是，我探望过不久，梅奥诊所的医生就让欧内斯特出院了。我当时正在好莱坞，他打电话来说，可以回到凯彻姆的家中并重新开始工作令他十分欣喜。他说，回去后的第一天他就去打猎了，现在厨房窗外的柴堆上方正挂着八只野鸭、两只水鸭。

然而他的平和只持续了很短的时间，以前那些惶惶不安很快又找了回来，而且愈演愈烈。他两次从走廊上的枪架拿起枪企图自杀，需要极大的力气才能拦住他。在返回圣玛丽医院的航班上，他虽然吃了大量镇定剂，但还是试图从飞机上跳下去。当飞机降落在怀俄明州卡斯珀市（Caspar，Wyoming）进行维修时，他试图走进一台正在运转的螺旋桨中。

1961年6月,我驾驶着租来的雪佛兰抵达罗彻斯特市郊,开始着担心欧内斯特的病情。他刚完成一疗程的电休克治疗,去梅奥诊所看精神科医生的频率也愈加频繁,我希望他的恐惧症已经根除,或者说至少是病情有所减轻。

我在宾馆登记入住后,直接前往医院。护士长用钥匙为我打开欧内斯特的门,这让我产生一种不祥之感。房间很小,但窗子宽阔,可以照进许多阳光。里面没有鲜花,墙面也是光秃秃的毫无修饰。床头桌上摞着三本书,桌子旁有一把直背金属椅子。窗口装有垂直的铁栅栏。

欧内斯特面对窗口,背对着门,站在医用桌旁,桌子被抬高了,给他做书桌用。他穿着一件红色的旧羊毛浴袍(玛丽给它起名为"皇袍"),浴袍上扎着一条破旧的皮带,皮带扣硕大,上面刻有"上帝与我们同在[①]"的字样。这条皮带是他在二战时期许特根森林战役的战场上从一位死去的德国士兵身上取下的。他穿着自己特别喜欢的破旧的印度鹿皮鞋,头上压着一顶脏兮兮的白

---

① 原文为 Gott Mit Uns,德语。——译者注

色网球鸭舌帽。胡子稀稀拉拉,似乎消瘦了很多。

"海明威先生,您的客人来了。"护士说。

欧内斯特转过身来,脸上惊讶的表情持续了片刻,等和我热络起来后,那表情便在灿烂的微笑中消失了。他走来同我打招呼,摘下遮阳帽,用西班牙人的方式同我紧紧拥抱、拍打彼此的背部。我能来,他发自内心地高兴。他看上去又瘦又高,似乎曾经的那个他已经消失不见,我眼前的这个人只是曾经的他的一个标志。

"哦,霍奇,"他说,"欢迎来到永无岛(Never Never Land)。在这里,大家会对你进行搜身,把你锁在房间里,也不会得体地交给你任何钝器。"

护士就站在门口。

"苏珊护士,"欧内斯特把我介绍给她,说道,"这位是著名斗牛士雀斑。雀斑,这位是苏珊,她掌握着开启我心灵的钥匙。"

这句话引得我们二人都放声笑了。

我给欧内斯特买了一罐鱼子酱,交给她,让她放在冰箱里。

我和欧内斯特坐了一会儿,他坐在床上,我坐在椅子上。起初他听上去状态非常稳定，但令人难过的是，他很快又陷入不断重演的苦痛中去了：房间以及门外的电话被窃听；诉穷；指控他一生中所有受托人，包括他的银行经理、律师以及凯彻姆的医生；担心没有得体的衣服；为他想象出的税额焦虑。一切都在重演。

他上一次住院我来探望他时，他就不断受到这些委屈不满的纠缠。我站起身，意图把他的注意力从这些不满上引开。显然，电休克治疗并没有对他产生作用。我走到桌子旁，问他在写些什么。

"巴黎。"

他指的是二十岁出头时，和第一任妻子哈德莉第一次搬去巴黎居住，那时的他对巴黎的印象以及结交的一些人。

"进展如何？"

"这就是最糟糕的事。我写不完这本书，就是写不完。我没日没夜地坐在桌子旁。我需要的就是……可能是一句话，也可能是几句话，我不知道，我就是写不出来。毫无头绪，你明白吗？我已经给斯克里布纳出版社（Scribner）写过信说要把这本书拼凑出来。我们已经定好秋天交稿，我一定要写出来。"

我问他是不是我读过的那些存放在丽兹酒店（Ritz）的行李箱里的随笔。

他说是的，后面又加上一篇新作，也是最重要的一篇。

"可是那些关于巴黎的文章，任谁都写不了那么美。"我说。

我们在一次巴黎之旅中住在了丽兹酒店（当时我们的海姆霍奇财团[Hemhotch syndicate]在奥特伊赢得一场障碍赛马，赔率是27-1），一天同查尔斯·丽兹（Charles Ritz）共进午餐，他继承了父亲凯撒[①]的事业。查尔斯告诉欧内斯特，他们最近在对酒店的储物间进行翻修时发现了欧内斯特在30年代时存在那里的一个路易威登（Louis Vuitton）行李箱。那个行李箱是威登亲手为欧内斯特制作的，失而复得，他很开心。我们在查尔斯的办公室将箱子打开，其中有几本小学生用

---

① 凯撒·丽兹（César Ritz，1850—1918），丽兹酒店创始人，被誉为"现代酒店之父"。——译者注

的蓝色笔记本，欧内斯特在本子上描绘了20年代的巴黎景象，以及他早些年在那里结识的人。欧内斯特把随笔给我看。那些文字细腻优美，富有诗意，有洞察力，冷酷无情，永不过时。仿佛没有任何人描写过19世纪20年代的巴黎，或是描写过那些与欧内斯特同一时代的有趣的人。

一阵敲门声响起，苏珊护士走了进来。她说欧内斯特的医生要他去做些化验，但很快就回来。欧内斯特从简易写字台上拿起一沓纸，递给我，让我在他出去时看。他说我没读过这章，这章是整本书的收尾，非常重要。

我把椅子拉到窗口，开始阅读欧内斯特留给我的随笔。我在丽兹酒店时读到的随笔主要是描写巴黎的街区以及那时欧内斯特的熟人，包括格特鲁德·斯泰因，西尔维亚·比奇[①]（一位在美国出生的书商及出版人），

[①] 西尔维亚·比奇（Sylvia Beach, 1887—1962），在巴黎创办莎士比亚书店，曾帮助詹姆斯·乔伊斯（James Joyce）出版《尤利西斯》（*Ulysses*）。书店现已成为巴黎左岸的文化地标。——译者注

福特·马多克斯·福特①，埃兹拉·庞德②，斯科特·菲茨杰拉德等。但这篇题为《巴黎永远没有个完》（*There Is Never Any End to Paris*）的文章与之大不相同，显然，它就是这本书的结尾。其与众不同之处主要在于，它不仅仅是对他早些年在巴黎度过的痛苦又美好的日子的赞颂，同时也是对这段日子的前因后果的感叹。

总的说来，这篇文章就是对他第一任妻子哈德莉的炙热的爱的宣言。文中回忆了她在勒穆瓦纳红衣主教街（Rue Cardinal-Lemoine）四楼无电梯公寓里的样子，回忆了他们同小宝贝邦比（Bumby）一起住在圣母院街（Rue Notre-Dame-des-Champs）113号二楼，与锯木厂同处一个大院子的时光，还有哈德莉裹着好几件毛衣，在当地甜品店冷如冰窖的地下室里弹欧内斯特为她租来的旧钢琴时的样子。

---

① 福特·马多克斯·福特（Ford Madox Ford，1873—1939），英国小说家、评论家、编辑。——译者注
② 埃兹拉·庞德（Ezra Pound，1885—1972），美国诗人、文学评论家，意象派诗歌运动的重要代表人物，著有意象派名作《在地铁站内》（*In a Station of the Metro*）。——译者注

随笔中，欧内斯特还写道他酷爱与哈德莉进行滑雪之旅：他们在奥地利福拉尔贝格州施伦斯村（Schruns, Voralberg, Austria）学会了滑雪，那里的陶布旅馆（Taube Inn）窗子宽阔，大床上铺着优质的毯子和羽绒床单，早餐丰富美味，有大杯咖啡、新鲜的面包和水果罐头、鸡蛋，还有好吃的火腿；他们搂紧彼此，睡在漂亮又古老的梅德纳尔之家旅馆（Madlenerhaus）的大床上，盖着羽绒被，窗户打开着，星星近在眼前。

但行文至半，欧内斯特不再描写早年间他同哈德莉清贫却幸福的浪漫日子，转而开始描述一群富人出现后，他们的闲适生活所发生的改变。是一个好似"引水鱼"的人把富人们带到了他们身边，但欧内斯特在文中并未写明"引水鱼"和富人们具体是谁。他写道，每当有两个人相爱，富人们就会为之深深吸引，但他和哈德莉却像天真的孩子，不知道如何保护自己。欧内斯特承认说，他被这些富人深深地迷住，他愚蠢之极，就像捕鸟猎犬一样，愿意跟随任何一个有枪的人。

而且，最重要的是，富人中有一位未婚女子，她觊觎欧内斯特，还待哈德莉如挚友，以此潜入他们的生活，破坏他们的婚姻。欧内斯特坦言，这两个女人对他都很关注，他受到了诱惑，而且很不幸，他同时爱着她们两个。

在结束自己的生命之前，他留下最后一些话，坦言让自己一生中唯一的真爱从自己身边溜走，他十分痛苦。这对于他来说十分重要。同时爱上两个女人是一场悲剧，困扰了他整整一生。一次飞机坠毁事故令他在鬼门关走了一遭后，他决定重新体验一次20年代那些让他着迷的危险生活，也就是他初到巴黎、将他出版第一本小说《太阳照常升起》的快乐稀释的那段时光。欧内斯特重活一遍那些年的方法就是将它们描述给我听，就在讲述的过程中，他找到了某种终结的方法。但在他的生命中，它就是一段无法挽回的悲剧，一段无论通过名誉、赞扬还是天赋都无法战胜的悲剧。

欧内斯特去看医生时，我把这一章读了两遍，并努力让我内心得以平静。在他总结巴黎的这些日子时——人物和地点，事情的转变，胜利、成就与失望，同哈德莉一起生活的美好回忆——我惊奇地发现他竟略去了许多预警性事件，比如他曾对我讲过的他的婚姻曾暂停过

100天。或许是因为他思想受到干扰,且极力地想要写作,让他没能对事件进行完整的叙述;也可能是他叙述了自己同时爱上两个女人的悲惨后果,他也始终没能让自己从这次崩溃中走出来。他希望我来做这些话语的监护人。

敲门声响起,苏珊护士走了进来,说量血压可能需要的时间稍长些,问我是否愿意去更加舒适的休息室等候,事后她会去找我。我说我希望在原地等候。

于是,我坐在窗口,最后一章手稿放在大腿上,开始思考那次——事实上,是两次——飞机坠毁事故,就是那次事件,促使我于1954年去威尼斯(Venice)的格瑞提皇宫酒店与欧内斯特见了面。

第二部分
PART TWO

威尼斯格瑞提皇宫酒店汇合
Rendezvous at the Gritti Palace Hotel in Venice

1954年1月25日上午，世界各地都在疯传欧内斯特及妻子玛丽于乌干达默奇森瀑布（Murchison Falls, Uganda）附近的深林里飞机失事遇难的消息，于是举世发出讣告，为其哀悼。但没过多久，这条灾难新闻就被一项报道取而代之，报道称，欧内斯特竟突然奇迹般地从布蒂亚巴（Butiabe）附近的丛林里钻了出来，手里捧着一串香蕉，拿着一瓶哥顿金酒[1]。据美国联合通讯社[2]发稿称，记者们十分震惊，全都冲过来采访欧内斯特，他对大家说："飞机的运转状况还不错，这是我运气好。"

---

[1] 哥顿金酒（Gordon's gin），杜松子酒，最先由荷兰生产，在英国大量生产后闻名于世，是世界第一大类的烈酒。
　　——译者注
[2] Associated Press，缩写AP，简称美联社，美国最大的通讯社，国际性通讯社之一。——译者注

但几个小时后,他就不那么走运了。一架救援飞机被派往出事地点,接欧内斯特和玛丽回肯尼亚(Kenya)基地。那是一架德哈维兰轻型飞机[1],用胶合板制造的30年代双翼飞机,飞机在起飞的瞬间坠毁并着起大火。这一次坠毁事件给欧内斯特留下了永久的印记。

我给他发了无数封电报试图与他取得联系,最后终于收到一封电报回信,要我往他所在的威尼斯格瑞提皇宫酒店打电话。那时我正在海牙[2],为一家杂志社采访王储贝娅特丽克丝公主[3]及其征求皇室意见的常驻占卜者。

我打电话给欧内斯特,他力劝我早日结束皇室访问,前往格瑞提皇宫酒店。他说:"我弄到一辆全新的蓝旗

---

[1] 杰弗里·德·哈维兰(Geoffrey de Havilland, 1882—1965),英国著名飞机设计师、飞行员和航空工业企业家,成立德·哈维兰飞机公司。——译者注
[2] 海牙(Hague),荷兰第三大城市。——译者注
[3] 贝娅特丽克丝·威廉明娜·阿姆加德(Beatrix Wilhelmina Armgard, 1938—),1980年登基继承荷兰王位,2013年退位。——译者注

亚[1]，并配有优秀的专职司机，可以载我们前往阿尔卑斯山，并沿滨海路一路开往潘普洛纳，参加圣佛明节[2]。我希望你能陪我一起去。那几次从非洲上空掉下来，我真是吓坏了。"

这之前，他经常打电话邀请我前去一些令人向往的地方旅行，但这是第一次私人邀请。他听上去有点难为情。

当我到达格瑞提皇宫酒店那个靠转角的房间时，欧内斯特头戴网球帽，坐在靠窗的椅子上，身旁的书桌上摆着一摞报纸，他正读着世界各地发布的他的讣告。看到他的样子，我吓了一跳，我在敞开的门前站了一会儿。我上一次见他是在1953年秋天的纽约，后来不久他便去了非洲。这五个月期间，他竟老了许多，着实让我震

---

[1] Lancia，意大利品牌轿车，公司成立于1906年，以生产豪华型轿车为主。——译者注
[2] 圣佛明节（Feria of San Fermín），西班牙传统节日，每年7月6日在潘普洛纳举行。海明威《太阳照常升起》中的主人公到西班牙旅行，参加圣佛明节，领悟到西班牙人对死亡的看法。——译者注

惊。他所剩不多的头发（大多都被烧掉了）从棕色变成了花白，烧焦了的胡子也白了，整个人看上去矮小了些；我不是说他身体瘦削，而是说他身上那股不屈不挠的劲儿不见了。

他突然大声念起手中讣告上的文字："'虚张声势的文学流氓！'"他大声笑了起来，拿起身旁桌子上的酒杯，一口喝光。

就在这时，他看见了我，脸上露出灿烂的笑容，打手势叫我扶他从椅子上起来。"我感觉自己像是从深渊里爬出来的动物。"我扶他站起来时他这样说道。

"你还好吗，老爹？"我问道，"我是说你的真实情况（true gen）。"这是他最喜欢的一个短语，用于指介于事实和讽刺之间的一个词。

"右臂和肩部脱臼，"他说，"肾脏破裂，情况糟透了。脸，腹部，手，尤其是手，都被德哈维兰的大火烧伤了，肺部也被烟灼伤了。来，我用彩色电影（Technicolor）证明给你看。"

他带我走进卫生间。浴缸和手盆中间的拐角处有一张桌子,桌子上摆着五六个盛有尿液的玻璃杯。欧内斯特拿起其中一个,在亮光下向我展示里面的黑色物质。他说:"因为某处肾脏细胞堵塞,两天没法小便。你瞧——它就像羽毛梗牙签一样在那漂着。这颜色很吓人,像李子汁。一位医术高超的医生从非洲坐船过来给我看病,开了些治疗肾脏的药,把烧坏的组织切除了——他是位优秀的医生,他说我本来在坠毁现场就可能死掉的,现在依然有生命危险,要我严格控制饮食。跟你说实话,当德哈维兰坠毁着火时,我真的吓坏了,因为我们公司会失去一个主要成员。当时我在机舱尾部,玛丽在机舱前方,和飞行员罗伊·马什(Roy Marsh)在一起。他们安全逃出来了,但大火把后方的金属门烤得炽热,门已变形毁坏。我被烟呛得不行;而且,通往舱门的路被堵住,根本没有空间可以让我走过去推门而出。就在那一瞬间,我感觉我完蛋了。我以前受过不公平的惩罚——伦敦停电时,我撞上了水塔,我被撞倒,脑袋开了瓢;在爱达荷州发生车祸,骨折;在福萨尔塔[①]直

---

① 福萨尔塔(Fossalta),意大利威尼斯的一个市镇。
　　——译者注

接翻到沟里,等等——我一直觉得无论多么惨烈,我都能扛过去,但这次我四周都燃着大火,就像是在沙丁鱼罐头里被油煎。我心里想,妈的,终点到了,他们已经把我钉在了十字架上点起了火。但不知怎的,我还是清出一条路,走到已经变形且被堵住的门前,用依然完好的左肩和头部成功把门顶出一条缝,钻了出去。"

"我们站在那里看着德哈维兰被烧光,很无助,我的衣服还冒着烟。我用了几个科学的记法,学习酒精玄学的同学们可能会很感兴趣。我首先听到的是四声轻微的爆破声,我称之为四瓶嘉士伯(Carlsberg)啤酒开瓶声。接下来是一声稍大一点的爆破声,我把它记为麦尼士[①]开瓶声。但真正震耳欲聋的声音是哥顿金酒传出来的,那是一瓶未开封的、有着金属盖子的酒瓶。麦尼士塞有瓶塞,而且剩了一半,而哥顿金酒却炸得让人大开眼界。"

他回到椅子上坐下,拿起茶几上银色冰桶里的香槟,倒了两杯酒。他说看自己的讣告让他感觉好多了,

[①] 麦尼士(Grand Macnish),苏格兰威士忌酒。——译者注

但既然他跟我坦白了自己的惨状……对于即将写出的这些内容，以前他总是只字不提，那是他的存货，是保险，以防将来思路枯竭——但他现在感觉，这些经历会让他折了寿，所以他愿意给我讲一下那些事，那么即便他永远也没有写到这些事，也会有人知晓。"比如那一百天。你知道那一百天的事吧？"

我说我并不知道。

"我并不想让自己听上去像是个病人，但每次把自己保险柜里的东西拿给别人看的时候，都是一种病态行为，对吗？你还像以前一样记笔记吗？"

我回答是的，而且录音。

"我也有我的笔记，保存得很好。"

欧内斯特在格瑞提酒店历史悠久的餐厅订了一桌菜，但他说在公共场合吃饭让他感觉有些头晕目眩，所以他选择了酒店送餐服务。那是在一个十分宽敞的房间，窗子高大，呈弧形，正对大运河（Grand Canal），屋子里陈列有漂亮的威尼斯风格的古老家具，窗下的运河里行驶着贡多拉小船，所以在这样的窗边吃饭绝不是什么负担。

欧内斯特点了一份小牛肝（威尼斯牛肝[①]），他说它是滋补药品，还点了一瓶瓦波利切拉干红葡萄酒[②]，并让服务员把酒拿上来后不要醒酒，而是立刻给我们倒酒。

"意大利红酒不需要氧气醒酒，"他说，"这个饮酒窍门我是从菲茨杰拉德那儿学到的。"

我说："你从菲茨杰拉德那儿学到不少，对吗？"

"有教也有学，"欧内斯特说，"我们第一次见面是在巴黎的丁哥酒吧（Dingo Bar），他做了自我介绍。当然了，我早就知道他。他在《星期六晚邮报》[③]上发表很多短篇小说，其中一篇《一颗像丽兹酒店那么大的钻石》（*The Diamond as Big as the Ritz*）真是太棒了。斯科特非常喜欢丽兹酒店，在主酒吧间有自己的固定座位。有时候他邀请我去喝酒，我不得不打扮一番，

[①] 原文为 fegato alla Veneziana，意大利语。——译者注
[②] 瓦波利切拉干红葡萄酒（Valpolicella Superiore），一款宝石红葡萄酒，气味芳香，带有葡萄和花的香气。——译者注
[③] *The Saturday Evening Post*，美国报纸，创立于 1897 年，1969 年亏损倒闭。——译者注

穿上旧灯芯绒夹克,配上一条领带,那领带破旧得已经成了螺旋形,都能用来开红酒了。斯科特没有同住在巴黎的其他作家结交为好友,比如埃兹拉·庞德、多斯·帕索斯[1]、阿齐博尔德·麦克利什[2],但却开始为我提供赞助,成了我的良师益友。斯科特当时30出头,他认为那就是他的人生末路,我想,他认为我可能替他完成某种救赎,但我不明白他为什么这样想,因为当时他刚刚发表了《美丽与毁灭》(*The Beautiful and Damned*)和《了不起的盖茨比》(*The Great Gatsby*),这两本书为他打下坚实的基础。尽管我的一些短篇小说被出版社严词退稿,他还是要看看。"

"把小说拿给他这样赫赫有名的人看,我很难为情,但他看完《五万元》(*Fifty Grand*)后却说,这篇写得非常好,但如果我能删去第一页,从第二页开始讲述,就更好了,这样故事就会更有力量。我想了想,

---

[1] 多斯·帕索斯(John Dos Passos,1896—1970),美国小说家。——译者注
[2] 阿齐博尔德·麦克利什(Archibald Mac Leish,1892—1982),美国诗人,曾两次获普利策诗歌奖。——译者注

同意他的观点,认为故事开端少写些,整体效果会更好。斯科特说,如果我同意的话,他要把这篇小说寄给他在斯克里布纳出版社的编辑麦克斯·柏金斯①。他早就给他写信提起过我,还说想让他看看我的作品。斯科特把他的新书《了不起的盖茨比》送给我,希望我能喜欢。

"我认为那是很久以来最好的书之一,我也是这样告诉他的。虽然他已名声大噪,而我还需要努力证明自己的实力,但从一开始我们就产生了一种亲密感、兄弟情,我们有权力闯入彼此的生活,仿佛我们要为彼此的失足和品行不端负一定责任。

"麦克斯·柏金斯的确很喜欢《五万元》,帮我发表在了《大西洋月刊》②上,稿酬丰厚,足足有350美元。我用这些钱给哈德莉买了过冬的鞋,还能时不时地买几次肉。

---

① 即麦克斯威尔·柏金斯(Maxwell Evarts Perkins,1884—1947),美国出版界传奇编辑。——译者注
② *The Atlantic Monthly*,美国最受尊敬的杂志之一,一本有关文学、政治、科学与艺术的杂志,创办于1857年。——译者注

"斯科特想让我们见见泽尔达[1],于是邀请我们去他们在提尔西提街(Rue de Tilsitt)的家里吃午饭,那是一个阴暗毫无生机的地方。泽尔达总是让我和哈德莉分心,一直讲着她那些毫无逻辑的东西。她说斯科特花多少多少时间去写作,话语里没有支持,更多的是怨恨,嫉妒他的写作本,好像它就是个勾引男人的情妇。

"斯科特把我介绍给他那群酒友。达夫·特怀斯登夫人[2]便是其中一位宠儿,她仿佛是一本引人入胜的小说中的人物,从小说中走了出来,迷了路。她的相貌与众不同,打扮另类,老天知道她的语言有多么独特,酒量多么惊人。她定型的金发有如雕像,身穿男式粗花呢上衣,头上歪戴着一顶男式帽子,这竟让她看上去很性感。她已经同第十代准男爵罗杰·托马斯·特怀斯登先生(Sir Roger Thomas Twysden)分居。据她称,

---

[1] 泽尔达·菲茨杰拉德(Zelda Sayre Fitzgerald, 1900—1948),美国小说家、诗人和舞蹈家,F. 斯科特·菲茨杰拉德的妻子。——译者注
[2] 达夫·特怀斯登(Duff Twysden, 1891—1938),英国社交名流。——译者注

他对人要求极其严格,有虐待狂倾向。无论走到哪里,他都要羞辱她,诋毁她的外表、家庭、智力,还有教育程度。他还说自己不知道为什么就娶了她,但还不想离婚。他总是在自己的豪宅里喝到酩酊大醉,举办奢华派对,并找来不同的女人充当女主人,号称不知道她在何处。因为她每月有固定薪水,所以'我对他的这些行为毫不关心',达夫说,尽管那些钱很难够她撑到每月月底。这样的羞辱很伤人,但哈罗德和帕特十分仰慕她——她说她需要这样的仰慕,正是他们造成了她资金短缺。"

我问欧内斯特哈罗德和帕特是谁,他解释说,哈罗德·洛布出身于纽约一个富豪家庭,毕业于普林斯顿大学,在校期间曾参加过拳击队和摔跤队。他在文学方面很有抱负,甚至在巴黎创办过一个小规模杂志,名为《布鲁姆》(*Broom*)。他一心扑在达夫身上,非常嫉妒帕特,他们两个人轮流同达夫过周末。

欧内斯特说,帕特·格思里是达夫的远房表亲,是个刻毒的苏格兰人,看上去永远处于醉酒状态;他经常把自己的零用钱给达夫花。

欧内斯特说，虽然帕特和哈罗德经常反目，但他们三个密不可分。"他们经常邀请我写作结束后加入他们。我当时在一家老旧而且没有电梯的六层宾馆里租了一个小房间，每天早上要么在家里写作，要么在附近一家精致的咖啡馆——丁香园咖啡馆（Closerie des Lilas）写作，然后便去他们常去的精选酒吧（Select）找他们。菲茨杰拉德夫妇有时会邀请我们和他们三人共进晚餐，其中有一次，便有宝琳·费孚和金妮·费孚两姐妹。"

"所以说，你就是这样与宝琳相识的？她在你心中是什么印象？"

"第一印象吗？她身材矮小，胸部瘪平，还没有她妹妹有魅力。那时宝琳刚来到巴黎的 *Vogue*[①] 杂志工作不久，她就像是从杂志画片里走出来的人物，打扮非常时尚。她留着当时很流行的男式短发，穿着流苏短裙，戴着珍珠项链、人造珠宝，涂了亮红色的口

[①] 美国综合性时尚生活类杂志，创刊于1892年，目前已在全球共计22个国家和地区出版发行。——译者注

红。她说她毕业于圣路易斯的女子教会学校（Visitation Convent, St. Louis）[1]，离哈德莉曾经的住处仅隔几条街。

"那次晚饭后，我几乎就把宝琳忘在了脑后。哈德莉是我生命中唯一重要的女人，她身材圆润，乳房丰满，长发及肩，长袖裙子过膝，几乎不戴首饰，也不化妆。我喜爱她的外表，喜欢搂她在床的感觉，就是这样。她爱着我爱的一切事物：在奥地利滑雪，在奥特伊赛马场公园野餐，在韦洛德罗姆球场（Vélodrome）熬夜看自行车比赛，几个三明治和一壶咖啡就能满足我们，去阿尔卑斯山上的小村庄里看环法自行车赛，去伊拉蒂[2]钓鱼，在马德里和潘普洛纳看斗牛，在黑林山[3]远足。

"虽然见过一面后我就再也没有想起过宝琳，但我后来发现，她却一直在惦记着我，后来惦念变成了阴谋诡计、借口和放纵。"

"她是怎么走进你的生活的？"我问。

---

[1] 圣路易斯是美国密苏里州东部大城市，位于美国最长的密西西比河中游河畔。——译者注
[2] 伊拉蒂（Irati），巴西巴拉那州的一个市镇。——译者注
[3] 德国名山，位于斯图加特市西部，海拔500—1000米。——译者注

欧内斯特说:"那天晚上在菲茨杰拉德家吃晚饭时,宝琳和金妮同哈德莉聊天,我想一切就是从那时开始的。哈德莉给她们讲了儿子邦比的事,她们问是否可以登门拜访,于是她们就来了,还在圣奥诺雷街(Rue Saint-Honoré)上奢华的玩具店给他买了很多礼物。宝琳对哈德莉很友善,邀请她去克利翁酒店(Crillon)喝茶,去时尚展参观,给她带时尚杂志和书籍。我和斯科特或是多斯·帕索斯在丁哥酒吧时偶尔会遇见宝琳和金妮,有时她们会和我们一起喝酒。宝琳矮小,男孩子打扮,金妮要比她有魅力得多。她们熟知最流行的俚语,用象牙烟斗抽烟。金妮总是带着一位亲密的女性朋友,所以我们就不会天马行空地聊天。我曾怀疑这家里是不是有女同性恋,不过这件事并不重要。这对姐妹机智诙谐,紧跟时代潮流,但我全然不感兴趣,因为我和哈德莉的感情坚固可靠。"

"我在穆浮塔街(Rue Mouffetard)一家破旅馆的五楼租了一个空荡荡的小房间,那里没有暖气,没有电梯,什么都没有。有时她们结束一天的工作后,会来到我这个工作间。她们会叫我去附近的咖啡馆喝酒,给那些让人沮丧又毫无成果的日子带来一点幽默、灵气和活力。过了一阵，金妮不再来了，但宝琳照来不误。她还是那么时髦，活泼向上，对我满是崇拜。煎熬一整天过后，这确实让人觉得很受用。她对邦比的感情或真或假，她来看他，带他去杜伊勒里公园①看木偶戏《潘趣和朱迪》②，还主动提出我和哈德莉想外出度假的时候由她来照看孩子。但因为我们破产了，没有钱去任何地方，所以我们从没让她照顾孩子。

"宝琳会邀请我们去饭店吃饭，建议让我们的女佣③玛丽·科科特（Marie Cocotte）照顾邦比。宝琳知道哈德莉不愿意晚上扔下邦比，也知道哈德莉一定会劝我独自赴宴。我当时确实穷困，所以无论去哪儿都是宝琳买单。她人很机灵，让人愉快，又充满欲望。她骨子里有种傲慢，认为'我会得到我想要的一切'，是那种不会被人拒绝的富家女孩。阿肯色州的整个皮

---

① 杜伊勒里公园（Tuileries），曾为法国王宫杜伊勒里宫的一部分，始建于 1644 年。王宫于 1871 年被焚毁。——译者注
② *Punch and Judy*，英国著名传统木偶戏。——译者注
③ 原文为 femme de ménage，法语。——译者注

戈特镇（Piggott, Arkansas）都归费孚家族所有；宝琳的父亲有银行、轧花机，以及佃农们生产的玉米、小麦、大豆等，还有一家连锁药店，老天才知道还有什么——没准整个阿肯色州都归他们呢。她叔叔格斯（Gus）的钱要比她父亲多得多——他名下有理查德·赫德纳特香水（Richard Hudnut），斯隆药膏（Sloan's liniment），沃纳药业公司（Warner Pharmaceuticals）等许多类似的企业。格斯没有孩子，所以十分宠溺宝琳——无论她想要什么，开口即可。"

我问欧内斯特，自己一贫如洗，身边的人却挥金如土，他当时是什么感受。

他摆弄着胡须，眼睛看着其他地方，仿佛是同远处的人商量着什么，过了好一会儿才回答我的问题。脸上的烫伤让他看上去又老了一些。

"说实话，我当时或许很喜欢那种感觉——贫穷就像是疾病，用金钱这剂药才能治好。我想我很享受她的花钱方式——买名牌服装，打出租车，下馆子。当真相大白时，我才看清富人的本质——他们就是致病祸因，就像是杀死马铃薯的真菌一样。我在《乞力马扎罗的雪》(*Snows of Kilimanjaro*)中弄清了真相，而哈里因为腿坏疽卧床不起，弄清真相对于他来说为时已晚，直到死去，他也没有原谅富人。我觉得我对有钱人的看法和哈里一模一样，将来也会一样。"

欧内斯特把该楼层的服务生叫来，同他讨论酒的事情，他们决定点一种有趣的基安蒂红酒①。

欧内斯特问我有没有参加过潘普洛纳的节日②，也就是当地人为纪念自己的守护神而举办的每年一度的斗牛节。

我说我没去过。

接着他开始描述他同达夫·特怀斯登夫人及其同伴们去那里旅行时的情景，那场旅行是他写作生涯以及整个人生的转折点。"那时的潘普洛纳还是它本身的模样，"欧内斯特说，"还没有被游客破坏。和达夫还有其同伴在一起的那十天对我来说极有诱惑力，促使我把它记录下来。于是，离开潘普洛纳后我就立

---

① 基安蒂红酒（Chianti），意大利基安蒂地区的驰名红葡萄酒。——译者注
② 原文为 feria，西班牙语。——译者注

刻开始写作。接下来的五个星期里，我脑子里装的只有这一件事，它就像是狂热病般每天在我大脑中嘶吼，离我而去时我变得有如被剥了壳的豆荚般空虚。但第二天早上这种狂热会再度袭来，伴我度过新的一天。那狂热就像是失控的燎原之火，把我送到了宝琳的怀里。她家在皮科特街（Rue Picot），家里很漂亮，她经常请我去喝上一杯，于是事情就这样开始了。

"起初我给这本书拟的名字是《假日》（Fiesta），后来才改成《太阳照常升起》（The Sun Also Rises）。在那五个星期里，我在不同的地方写作，并下定决心，回到巴黎后再也不去见宝琳。但我不停地写了又改，改了又写，这种狂热又将我推向了她。她坚称自己让人上瘾，虽然我不愿意承认，但我确实像迷恋哈德莉一样迷恋上了她。"

欧内斯特再次把自己的酒杯斟满，我没有照做。

"你有过同时爱上两个女人的经历吗？"

我说我没有。

"你是个幸运的家伙。"他说，"这件事很复杂，比如我们在里维埃拉（Riviera）度假那次。我们开车前往潘普洛纳的路上要跨过阿尔卑斯山，途径滨海大道（Grande Corniche）和昂蒂布（Antibes）——我要给你看看我们在昂蒂布海岬（Cap d'Antibes）时住的别墅，邦比就是在那里患上百日咳的。事实上，当时我们住在两座相邻的别墅，中间隔着一条带装饰性尖刺的金属栅栏。大一点的别墅名叫圣路易斯别墅（Villa Saint-Louis），墨菲夫妇和他们的客人们住在那里；我们住在帕基塔别墅（Villa Paquita），稍小一些。你知道墨菲夫妇吧？"

我不知道。

欧内斯特解释说，杰拉尔德·墨菲和萨拉·墨菲是一对年轻的美国夫妇，他们腰缠万贯，生活在巴黎。他们身边总是围着很多名人，大多是艺术家和作家。欧内斯特说，他是通过菲茨杰拉德认识他们的。他还说，那时他当然算不上名人（当时《太阳照常升起》还没有出版），不过那一年是历史上多年以来巴黎最寒冷的一个冬天。他想，墨菲夫妇可能是可怜他们，所以邀请他们一起前去里维埃拉。他们带上了玛丽·科科特，由她来照顾咳嗽不止的邦比。

"墨菲夫妇的客人有菲茨杰拉德夫妇、约翰·多斯·帕索斯、阿齐博尔德·麦克利什及其妻子艾达。我们都很喜欢一起在沙滩上晒太阳,一起进餐。但我们抵达那里不久后,邦比的咳嗽就加重了,萨拉·墨菲担心她的孩子被传染,所以请来一位医生,医生确诊邦比得了百日咳,于是我们一家三口就被隔离了。我们与墨菲一家的联系就此中断,但他们每天傍晚都会把酒和下酒菜放在铁栅栏处,我们站在阳台上对彼此隔空喊话。没过多久,斯科特领头,把栅栏的尖刺上插满了倒置的酒瓶。

"宝琳一直写信或是发电报给我,确保自己一直在我的视线范围内。我给她写信告诉她我们在里维埃拉的具体地址,还说邦比得了百日咳,我们被隔离了。当时她正和她叔叔格斯、婶婶比阿特丽斯在度假,住在这一地区的达涅利酒店。"

"然后呢?"

"她说她很想念我,而且她小时候得过百日咳,所以有免疫能力。她要来看我们,我可以向大家解释说她是来帮忙照顾邦比的。"

"你答应了?"

"我没有拒绝,这是我最后悔的事,悔得肠子都青了。"

欧内斯特站起身去了洗手间。回来后,坐在椅子上,重新倒满酒杯。

"隔离后不久,宝琳·费孚就来了。她来之前我就对哈德莉说,她是来帮忙照顾邦比的。宝琳住在我们隔壁,很快她就开始执掌一切。她早上把咖啡和羊角面包送到我们的房间,我们一家三口吃早餐①时,她就坐在我床边。有她在,我既紧张又兴奋。她每天都和我们一起去海边。虽然哈德莉小时候背部受过伤,但宝琳坚持要教她潜水,结果可怜的哈德莉接连几天背痛不止。宝琳还唆使哈德莉学打桥牌,尽管哈德莉完全没有天分。哈德莉真正喜欢的是下午在朱安雷宾(Juan-les-Pins)的大街小巷上骑好几个小时的车。

"隔离解除后,我们每天傍晚都在墨菲家度过。虽然邦比的咳嗽已经痊愈,可宝琳依然住在这里没有

---

① 原文为 petit déjeuner,法语。——译者注

走。墨菲夫妇的帕基塔别墅租赁到期后，我在附近海边的松林旅店（Hôtel de la Pinède）订了间房，宝琳又住到了我们隔壁的房间，邦比和玛丽住在宾馆旁的一个小地方。"

"宝琳不停地感谢哈德莉让她同我们一家待在一起。她说作为一个美国女人，在法国孤身一人，很不容易，还说哈德莉就像是亲姐妹一样，"——欧内斯特笑了起来——"但她吃早餐①时，可从没有坐在姐姐哈德莉的床边。"

我问欧内斯特，哈德莉有没有抱怨过宝琳总是缠着他们。

"有过，她偶尔会有点生气，但宝琳总是说希望没有打扰到我们之类的话，所以哈德莉就会确定地告诉她，同她在一起我们很开心。现在回头去看，有两个很有魅力的女人同时照顾我，我想我当时应该是很开心，但同时也很不安的。

"有时我会和斯科特偷偷溜到海边的一家小咖啡

---

① 同前。——译者注

馆，暂时躲避墨菲家那群人。我们最后一次来这家咖啡馆时，斯科特直接揭穿了我，他说他一开始就看穿了。我知道他想说什么，但我装傻说：'你在说什么？什么一开始？'他说：'她看你时的眼神。总是在你身边晃，悉心照顾哈德莉，我都看在眼里。现在她又出现在这儿，你中了这个女妖精的圈套。她刚来巴黎时就有传言说她是来钓金龟婿的。'

"他提起这件事，让我很生气，但我又很想聊聊这件事。

"'她想独自占有你，'他说，'而且她会用尽一切手段得到你。'

"我跟他说了实话，坦言她们两个我都爱。

"他说他要跟我直说：'如果你不摆脱她，她会毁掉你的婚姻的。'

"我说我的确很想摆脱她，我试过，但是可恶的是，我做不到。

"斯科特生气了，说我当然可以做到，他要教我怎么做。'你就说，"宝琳，你很优秀，但是我请你从我的生活中消失，因为如果你不消失，我就会

失去妻儿，失去自我。"你为什么要让自己蹚这趟浑水？'

"幼稚，太幼稚了。一个极具魅力的女人出现在我面前，同哈德莉成为朋友，和我俩如影随形，而且对我和我的工作非常感兴趣，愿意陪伴着我，哈德莉因为照顾邦比而无法脱身时，她陪我出门——一切迹象都表明她要我在她眼皮子底下待着，而我竟然毫无察觉。辛苦写作一整天后，我唯一看到的就是有两个女人在等我，她们都要为我付出，关怀我。她们虽然风格各异，但都很有魅力。我告诉斯科特，我喜欢她们两个都在我身边，激励我，鼓励我，我在不知情的情况下同时爱上她们两个。我天真至极，竟从未怀疑过宝琳根本不是一个喜欢和我们一家人相处的单身女性，而是想破坏我的婚姻把我占为己有。但是现在，我爱她们两个，这可能会给我带来厄运，但是希望不要如此，希望我们能够一直这样下去。

"斯科特说，我需要从容淡定，因为我现在如履薄冰。他引用了一句警句：'如果一个男人同时与两

个女人纠缠不清,最终他会一无所有。'

"我说是的,我是纠缠不清,但她们两个我都需要,我希望用什么办法把她们都留在我身边。

"斯科特说我很可怜,我就是狗娘养的,我根本不了解女人。他揪住我的胳膊,把我拉到身边,高声喊道:'离开她!立刻!马上!已经是三级火警了!时候到了!告诉她!'

"我们喝完酒,回到别墅,融入集体。那天晚上我一直想着要和宝琳谈谈,而且我已经起了个头,但是,该死,我真的做不到。"

"所以说,你从未听取菲茨杰拉德的建议?"

"我想听取他的建议,该死,我想离开,想和她断了联系,我以为我成功了,但当我回到巴黎后,她又开始故伎重施。为了不让哈德莉怀疑,宝琳一直以照顾她为托词。我真的很爱哈德莉,希望我们能够重归于好,于是我决定离开巴黎,远离宝琳的诱惑。那年冬天,我和哈德莉收拾好东西,带着邦比一起去了施伦斯（Schruns）[1]。我们住在陶布酒店（Hotel Taube），三个人每天只需几美元房费。我就快要跟宝琳断了联系了。可是，真是该死，她又跟着我们去了施伦斯，也住进了陶布酒店，说她想学滑雪，问我能不能教教她。哈德莉对此很不高兴。她是个运动高手，事实上，所有运动项目——无论是滑雪，还是骑马、射箭、钓鱼，宝琳都没法跟哈德莉比。

"当她要回巴黎为《名利场》（*Vanity Fair*）杂志准备时装秀活动时，我终于松了口气。我以为和哈德莉单独待在一起，或许我就能解决好这件事，同时爱着她俩的压力能够有所缓解。

"但斯克里布纳出版社的编辑麦克斯·柏金斯发来电报传来好消息，说他们要出版《太阳照常升起》，要我去纽约处理合同及其他事情。我立刻出发前往巴黎，给自己订了四天后的一等舱船票。哈德莉和邦比留在了施伦斯，我说从纽约回来后我马上就来找他们。于是我住进了蒙帕纳斯的威尼西亚酒店（Hôtel

---

[1] 奥地利滑雪胜地。——译者注

Vénétia, Montparnasse)。

"我踏入巴黎的那一刻,宝琳立刻出现在我面前。那四天里,她就像影子一样跟着我,带我去夜店,去米其林餐厅,去看巴黎歌剧。每天晚上我都住在她皮科特街的精致公寓里,和她同床共枕,直到坐船前往纽约。"

欧内斯特叫来该楼层的服务生,点了一瓶巴罗洛葡萄酒①,他说这酒有意大利风味。冰桶旁的盘子里有一大块帕玛森奶酪(Parmesan cheese),欧内斯特用他随身携带的折叠小刀把它切成几块,我们就着葡萄酒吃掉了。从他切奶酪和倒酒的动作上我能看得出来他胳膊上的伤还没好。

欧内斯特细嚼慢咽地吃着奶酪、喝着葡萄酒,过了一会儿终于开口说道:"我口袋里揣着出书合同回到巴黎时,应该立刻回到施伦斯的,哈德莉和邦比已经在那里等了我十九天了。我应该在巴黎东站(Gare de l'Est)

---

① 巴罗洛葡萄酒(Barolo),意大利皮埃蒙特大区最具代表性的特产,同时也是意大利最好的红葡萄酒之一。——译者注

乘第一班火车离开的,但我刚到巴黎,宝琳就把我从码头接走了。我一直待在她那里,错过了三辆火车。"

他闭上双眼,仿佛是在回忆当时的自己。时间过去许久,他的呼吸变得粗重,我意识到他已经睡着了。

图三 1925年，奥地利，施伦斯：欧内斯特与哈德莉带小邦比愉快度假，躲避巴黎的寒冬。

第三部分
PART THREE

哈里酒吧分道扬镳
Parting of the Ways at Harry's Bar

第二天上午晚些时候,欧内斯特来到我的房间,手里拿着几份英文报纸,其中有《国际先驱论坛报》[1]。他说他约了一位久负盛名的医生[2]给他做全面体检,从烧伤的头皮到拉伤的括约肌。既然他还能站起来,那就不如去他很喜欢去的哈里酒吧(Harry's Bar)吃饭。其实那家酒吧是奇普里亚尼(Cipriani)开的,刚开业时得到了英国人哈里的赞助,那里的意大利菜和贝利尼鸡尾酒(Bellinis)非常有名。一战时欧内斯特就认识奇普里亚尼了。

他们二人很开心,拥抱致意,奇普里亚尼把我们送到欧内斯特最喜欢的角桌旁,欧内斯特说这张

---

[1] *International Herald Tribune*,《纽约时报》全资拥有的一份英文国际性报纸,总部设在巴黎,创立于1887年。——译者注
[2] 原文为dottore,意大利语。——译者注

餐桌比较隐蔽。奇普里亚尼矮小结实,相貌英俊,笑容可掬。他给我们倒了两杯自家庄园产的红酒,酒的颜色鲜亮。

他走开去忙自己的①事了,一位领班来为我们点菜。欧内斯特点了一份威尼斯牛肝②(我们在旅途中他每餐必点此菜),我点了份蛤蜊③意面,就是亚得里亚海④特有的极小的蛤蜊。

"抱歉,我昨天晚上睡着了,"欧内斯特说,"我们说到哪儿了?"

"为了留在巴黎和宝琳待在一起,你错过了三辆开往施伦斯的火车。"

"是的。"他干了奇普里亚尼给他倒的那杯酒。

"我到施伦斯车站时,哈德莉,可爱的哈德莉就站在那里接我,还有小邦比,他身体健壮,经常在雪地里

---

① 原文为 proprio,意大利语。——译者注
② 原文为 fegato alla Veneziana,意大利语。——译者注
③ 原文为 alle vongole,意大利语。——译者注
④ 亚得里亚海(Adriatic),地中海的一个大海湾,位于意大利与巴尔干半岛之间。——译者注

玩耍，皮肤被晒成棕褐色。那一刻我真的希望我这辈子都没有爱过别人。

"那年冬天，我和哈德莉在施伦斯非常愉快，我们一起滑雪、打牌，去酒吧里和当地人一起唱歌、喝酒，墨菲夫妇和多斯·帕索斯偶尔来看我们。我以为风波就此平息，我又回到了安全的港湾。我再也没有给她回过信。

"可是，上帝啊，春天时我们一回到巴黎，我就回到了宝琳身边，她又一次成功地让我上了她的床。整个春天都是这样。宝琳认为哈德莉开始有些怀疑时——她真是机关算尽太聪明——她就和妹妹金妮邀请哈德莉同她们一起开车前往城堡谷（Châteaux Valley）旅行。哈德莉很开心，因为我带她只去钓鱼、滑雪或是打猎，其他地方都没有去过。我从没有带她开车兜风，呆呆地看看古老的城堡。

"她们外出的那段时间里，我很努力地工作，完成了整本书的修订，准备排版。这本书马上就可以出版了，我感觉很自在，很开心。我希望哈德莉旅行归来后可以精神焕发，可以对宝琳很友好，但我心里也打着别的主意。我问她旅行进行得如何,她说前面几天还不错,但后来宝琳就变得很暴躁、很不友善,聊天时总是排挤哈德莉,不让她说话。哈德莉说,这让她对我和宝琳的关系感到不安,于是她就去质问金妮,我和宝琳是不是有暧昧关系。她问道:'宝琳是爱上欧内斯特了吗?'哈德莉说金妮神情紧张,说宝琳和欧内斯特是非常要好的朋友,她引用了金妮的原话:'我认为他们非常欣赏彼此。'哈德莉说她早就应该知道真相就是这样。回头想想她带她去参加的那些时装秀,给邦比买的玩具,'你说的每一句话她都热切地侧耳倾听,她可真会随机应变。你笑她就笑,你生气她就陪你生气。她真是我们这家人的知心朋友,这就是她同我丈夫的友谊的最高标志……之前我竟一无所知,我太天真了。'

"哈德莉哭了起来,她说她想挽救我们的婚姻,问我,如果给我一些时间,我能不能解决好这件事,还说我们需要为儿子考虑。这些话让我很生气,我说我们可以像以前一样快乐,我说我爱她,这件事没什么大不了的。我希望她们两个都能像之前一样留在我身边——我太不了解女人了,对吗?

"哈德莉又坚持了一段时间,但几个月后,我们之间就变了,我们开始远离彼此。我对她要求得太多了。在潘普洛纳和墨菲一家住在一起时,我们决定回到巴黎后分居。

"我们在回巴黎的火车上时在同一个包厢①,到达里昂车站(Gare de Lyon)后就要分道扬镳。我们一路无话,包厢里还有一位美国中年妇女,用笼子装着一只金丝雀,一路上都是她在说话。这段旅程很痛苦。我晕乎乎的,仿佛是被一记凶狠的左勾拳打倒在地,正在数着眼前的金星。我们相亲相爱那么久,现在却要分道扬镳,我实在无法接受这一事实。包厢里很热,我就看着窗外,路边的景色映在我的眼中,让我把一切都熟稔于心。那种感觉就像是奔赴一场重要的葬礼。它一直在我的脑海里挥之不去,最终在《美国太太的金丝雀》(*A Canary for One*)中把它描述了出来。那是一段怪异的记忆,在我的记忆中,我看见一间田野里的农舍起了大火,从农舍里搬出来的衣物被褥等物品摊在田野上。路过的墙上

---

① 原文为 lit salon,法语。——译者注

挂着《播种美丽》杂志（*Belle Jardinière*）、杜本内酒和珀诺酒①的巨幅广告。火车驶过，旁边的轨道上有停靠的车，有餐车，有卧车，有标着'巴黎开往罗马'的车，还有座位位于车顶的车；我还看到一些车基本已成空壳，车顶塌陷，破旧不堪。这正是我的切实感受，崩溃，萎靡，或许这是我最后一次坐在妻子身旁了。

"哈德莉不想回到公寓，因为里面有太多熟悉的记忆；我只好在丁香园咖啡馆对面的波伏瓦酒店（Hôtel Beauvoir）给她和邦比开了间房。我去了杰拉尔德·墨菲位于弗鲁瓦德沃街（Rue Froidevaux）69号六楼的工作室，他提出让我免费住在那里。他知道我破产了，还往我在摩根保证信托银行（Morgan Guaranty）的支票账户里打了400美元，我用这些钱还了些账。

"工作室里没有暖气，我又身无分文，买不起煤球②烧壁炉。这个房间的天花板有30英尺高，十分宏伟，墙上挂满了巨幅油画，小的6英尺高，大的18英尺长，

---

① 杜本内酒（Dubonnet），法国的名品酒，是法国的开胃酒之王；珀诺酒（Pernod），法国绿茴香酒。——译者注
② 原文为boulets，法语。——译者注

12英尺宽。既有现代派作品，又有立体派作品，让人叹为观止。看到画家签名是杰拉尔德·墨菲，我觉得难以置信。他在昂蒂布有一栋别墅，他买下来后给它改名为美国别墅（Villa America），我住在他那栋别墅里时就知道他把车库改成了工作室，不过我以为杰拉尔德只是个业余画家。但这些画实在太漂亮了，给这间屋子创造出优美的氛围。有一幅画是一个大表，其表针运动轨迹就是它的轮廓。我最喜欢的一幅画里画有一把剃刀、一支钢笔，还有一个火柴盒。工作室里总共有5幅画。在20世纪20年代，杰拉尔德只有7年时间是在画画，一共画了14幅，但后来墙上的这些画还有其他几幅画得到越来越多人的认可和称赞。它们一直留在我的脑海里。

"我想，当墨菲夫妇恭维我，让我给他们一群朋友朗读《太阳照常升起》时，我和他们的关系就开始破裂了。我非常不喜欢自吹自擂，而且我后来意识到，他们把我当作得奖的赛马一样拿给众人炫耀。"

图四 1959年，西班牙，潘普洛纳：我们在伊拉蒂河边野餐，一条猎狗从附近的丛林中神秘现身。

第四部分
PART FOUR

潘普洛纳的圣佛明节
La Feria de San Fermín in Pamplona

第二天，我们离开威尼斯，跨过法国边境，去了西班牙北部的潘普洛纳，按照计划，在那里同玛丽还有几位朋友碰了头。如欧内斯特描述的，圣佛明节就是将七天七夜融为一场喧嚣盛宴，人们喝酒、跳舞，而公牛每天上午在街头狂奔，下午则死于牛栏里。

参加一次完整的圣佛明节①自然让我对《太阳照常升起》中的描述方式倍加钦佩，包括我们下午在伊拉蒂河岸进行的野餐，它在整本书中是如此生动形象。欧内斯特不仅捕捉到了整个场景，更重要的是捕捉到了其中细致的情感，让整本书很有力度。

一天下午，欧内斯特为了从潘普洛纳的喧嚣中暂时解脱出来，我们将野餐选在伊拉蒂河岸高高的森林里。

---

① 原文为 feria，西班牙语。——译者注

那里布满青苔，榉木茂密，欧内斯特背靠着一棵桦树坐着。这时，一只温和的猎犬神不知鬼不觉地来到他身旁。我刚好脖子上挂着相机，于是给他们拍下一张照片[1]。这些年来，我给欧内斯特拍下不少照片，唯独最喜欢这一张。狗就在欧内斯特身旁坐下，他们都闭上了双眼，一起小憩了片刻。

一天下午，我和欧内斯特坐在斗牛场[2]观众席的中场位置，等着下午的斗牛开始。欧内斯特说，他第一次和达夫夫人等人来参加圣佛明节[3]时就坐在这里。

"达夫很与众不同。她尤其喜欢看骑马斗牛士斗牛时马肚子被牛戳破、内脏在地上拖着的场景。当然了，现在马有保护垫了，但斗牛士助手没有，所以刺到牛的身体后，他们会在还没被牛顶到之前尽量跨过斗牛场[4]的栅栏跳出来。她喜欢看他们互相追逐，总是为牛加油，

---

[1] 见本书76页图。
[2] 原文为barrera，西班牙语。——译者注
[3] 原文为feria，西班牙语。——译者注
[4] 同[2]。

更喜欢看到斗牛士翻越栅栏时被公牛碰巧钩住的场景。

"有一天晚上,我差点和达夫厮混到一起。她的打扮、谈吐,还有对传统的全然不顾,撩动人心。但也正是因为这一点,我们才没有在一起。就在最后一刻,她推辞了。'我没有什么顾虑,也没有信仰,不信宗教,'她说,'我的信仰就是坚决不能和已婚男人做爱。'"

欧内斯特对于睡眠以及睡眠不足的评价十分正确。有时候我们熬到太晚,我迫切需要睡觉时,就会钻进停在市中心广场附近的蓝旗亚车的后座,蜷成一团睡上一觉。有时候,欧内斯特也会加入我的行列,睡在前座上。

一天晚上,我们应邀前往一个私人俱乐部,那里有现场乐队,所有人都欢唱着,而且一边跳舞一边喝着当地美酒。凌晨时分,我们跌跌撞撞地走到蓝旗亚车里。欧内斯特坐在前排,喝着从俱乐部里拿出来的一瓶已经开启的纳瓦拉红酒(Navarre)。

"比上一次要尽兴得多。"他说。

"上一次?"我说道。我坐在后排,没听懂他在说什么。

"是的。1926年和墨菲一家还有哈德莉一起过的那个圣佛明节①太沉闷了,我们都没有在街上跳舞。"

"为什么沉闷?"

"我以为我和哈德莉一直都相处得很好,她可以容忍我和宝琳约会,但后来我发现我都是在自欺欺人。所有人在潘普洛纳都玩得很开心,我想是这里的轻浮让她很不自在。在圣佛明节②的倒数第二场斗牛赛时,哈德莉说:'欧内斯特,你知道吗,你抖动斗篷的引牛动作让我感到厌烦,我想趁早离开斗牛场。'

"我假装不知道她在说什么,但其实我心里十分清楚。

"'我真的做不到违心。'

"'你的意思是?'

"'回去以后,我要为我和邦比单独找个住处。'

"我没有做好这个准备。我爱她,此刻她在维护自己的尊严,我不能把她的尊严夺走。

"'你知道,有时候斗牛士也会被刺伤,'我吞吞吐吐地说,'如果你离开的话……'

---

① 原文为 feria,西班牙语。——译者注
② 同上。——译者注

"'我不会再回到原来那间公寓。我们在里昂车站就此告别。'

"'我们还会时常见面的吧……'

"'不,不会再像以前一样,吃过晚饭后一起度过愉快的时光……一旦分开……就是真的分开。'

"泪水划过她的面庞,映照着午后的阳光。我仿佛感觉到突然有人闯了过来,把我打倒在地。"

"老爹,在那一刻,你有没有想过,"我说,"要承诺与宝琳断绝联系,让哈德莉留下来?"

"没有,我当时并没有准备好要和她这样面对面谈论此事。斗牛场上一片骚动,观众在我身旁欢呼,乐队声音震天响,斗牛士还在沙场上表演,我的脑子根本不转。我把她的话当作惩罚全然接受了,尤其是当她说'欧内斯特,你很清楚,当斗牛活动超时,斗牛活动就会被叫停,斗牛士和牛要就此分别'的时候。"

欧内斯特把最后一口酒喝光。"我给你讲过第二天在回巴黎的火车上的事情吧?"

我说是的。

他把空瓶放在地上,头靠着椅背睡着了。

图五 欧内斯特在基韦斯特的盐水泳池中游泳。1955年我看望他时拍下这张照片。

第五部分
PART FIVE

在基韦斯特揭示的真相
Revelations in Key West

在潘普洛纳分别后,我和欧内斯特一直用书信和录音联系。欧内斯特的信件质量要比录音好得多。欧内斯特害怕相机镜头,更让他害怕的是麦克风。坐在麦克风前,他的声音会紧张,呼吸短促,所以听上去就像是长跑运动员跑了一半坐下来录音一样。曾经有电视台提出去古巴给他录音,让他在电视上介绍自己的小说,给他很多报酬。但纠结了几天后,他说自己嗓子里总是有痰,所以没法去录节目。

我们下一次见面是在1955年的夏天,那时候我第一次尝试把他的几部短篇小说拍成电视剧,所以要做些准备工作。我从没给电影或电视剧写过剧本,海明威又不喜欢此前他人根据他的小说改编的电影或电视剧剧本,他认为那是"胡乱拼凑"。当他让我接手未来的全部改编工作时,我是拒绝的,因为我没有过任何经验。

他说:"这和经验有什么关系?我在写成第一部小说之前也没有经验。你先写一个剧本,然后就有经验了。"

在创作《渡河入林》时,我们是在古巴的瞭望山庄①,但这一次欧内斯特提议我们在他基韦斯特的家见面。欧内斯特和宝琳的儿子帕特里克(Patrick)和格雷戈里(Gregory)小的时候,他们偶尔会住在那里。他教两个儿子垂钓、狩猎、骑马,但他说,他独自外出探险的时间要比住在那里的时间多得多。

"我把家当作我的遗留之地,这样事后我还可以回来。我完全沉溺于狩猎远征,比如我的三个朋友同我一起去东非狩猎,还有著名的白人职业猎手菲利普·帕西瓦尔(Philip Percival)陪同,他参与了我后面的所有狩猎远征。宝琳参与了我的第一次远途狩猎,那次旅途由她叔叔格斯赞助,整个行程相当奢华。她还想参与我的东非之旅,但我规定那次旅程只有男性

---

① 瞭望山庄(Finca Vigía),位于哈瓦那市区以东偏南,是海明威在古巴的私人固定住所。现在故居已经被改造成一座博物馆,收藏有海明威的大量书籍与手稿等物品,目前海明威故居与作家离开时别无二样。——译者注

成员,把宝琳留下来照顾家和孩子。"

1955年7月4日早上,我坐飞机到了迈阿密,下午转乘一辆小型飞机抵达基韦斯特,然后坐出租车前往了欧内斯特给我的地址——奥利维亚街(Olivia Street)414号。整条街上的房子肮脏残破,路边的篱笆摇摇欲坠,院子里野草丛生。宝琳的叔叔格斯在20世纪30年代为宝琳和欧内斯特买下这座房子时,邻居稀少,少有的几栋房子同海明威的住所相差无几(实际上,他有两栋房子,除一栋正房外,游泳池旁还有一个很现代化的稍小的房子)。正房是一幢带露台的西班牙殖民地风格的石制房子,落地窗上挂着绿色百叶窗。土地苍翠,种满了西米、美洲蒲葵、枣椰树,以及茂盛的菩提树。邻居们的房子没有经受住岁月的摧残,如今欧内斯特的家成了脏乱不堪中的一片绿洲。欧内斯特与宝琳分居了很长一段时间,于1940年离婚,自那以后欧内斯特就不住在那里了。根据离婚协议书,它成了她的财产,她一直住在那里,直到最近去世,去世后便由孩子们继承。但几个孩子并不想去那里生活，也不愿意偶尔过去照料。于是责任就落在了欧内斯特身上，他本来住在古巴圣弗朗西斯科德帕拉区（San Francisco de Paula）的瞭望山庄，现在要赶过来找一位经纪人把它租出去或是卖掉。

欧内斯特穿着泳裤从正房里走出来迎接我。他动作迟缓，但状态较飞机出事后在格瑞提时已经好多了。他把我安顿在泳池旁的屋子里住下，然后和我一起去盐水泳池中游泳，其疗效和硫磺浴类似。欧内斯特说，这里泳池里的水会被一夜清空，又注满淡盐水。他小心翼翼地走进泳池里，在扶梯上停下几次，往腰上撩水。他以蛙泳的姿势缓慢地游着，头露在水面上，腿蹬得毫无力度，手臂也软弱无力，每次游到泳池一端，都要停下来休息几分钟缓一缓，飞机出事前游泳健将的样子再也找不到了。后来，玛丽也来到泳池里加入了我们。

玛丽和欧内斯特受邀参加一场精心举办的国庆（Fourth of July）派对，但欧内斯特在最后一刻打了退堂鼓，玛丽便一个人去参加活动了。欧内斯特向她保证，她不在，我们两个人也可以搞定一切。他看了眼表说："十二点多了，我们来喝点好酒。"他从冰箱里拿出两杯加了水的苏格兰威士忌。威士忌顶端的水结了冰，倾斜杯子时，威士忌会破开冰面，如同一条小溪流入口中，让人产生幻觉，仿佛自己喝的山泉突然变成了威士忌。我对欧内斯特的发明大加赞赏。

黄昏的第一抹微弱烟火划破天空时，我们正坐在露台上。欧内斯特拿起玛丽放在桌子上的几片甲鱼肉，放在大块的裸麦粉粗面包片上，涂上厚厚的新鲜辣根。山泉威士忌配甲鱼肉，这是一顿绝佳晚餐。

天色渐渐黑了下来，燧发枪手们开始了壮观的烟火表演[①]，一条条绚丽的彩带飞入低悬的星空。

欧内斯特双眼凝视天空，说："我想，离开山庄，回到过去，得到些许安宁和独处会让人心情愉悦。我就是在这里写成的《乞力马扎罗的雪》，我感觉自己实际上并没有权利再回来，但既然回来了，我也不是想逃避，

[①] 燧发枪，16世纪中叶由法国人马汉发明，以燧石代替发条钢轮，大大简化了射击过程。——译者注

只是它会让我想起人生中一段很苦恼的日子。我本该知道，连渴望救赎都是奢望。"

我意识到我可以趁这个机会问问他和哈德莉分居后的事。他还继续和宝琳见面吗？他说当然，她就是这么盘算的，但他一直尽父亲的义务常陪伴邦比。"有一次我去接他，哈德莉打断我，说我们需要谈谈。她问我是否还对宝琳念念不忘，能不能和她断了往来。我问她为什么一定要挑起这些事。我们曾经很幸福，不是吗？为什么要打破平静的生活？她说，如果船翻了，溺亡的是她，而我会一无所失。我说无论是什么情况，我都会失去很多。她拿起纸和笔。'既然这样，我们之间就不存在误解。'她说。接着她写道：'如果宝琳·费孚和欧内斯特·海明威一百天不见面后，欧内斯特·海明威告诉我他还爱着宝琳·费孚，我就毫无怨言地和欧内斯特·海明威离婚。'她签下自己的名字，把笔递给我。我没有接，我说它就像是一张死刑判决书。'的确如此，'她说，'不是她死就是我死。'她用这样一个协议保护自己是对的。我在自己的一生中，从未如此不情愿地签过什么。但我还是接过笔签了字。

"'那就这么定了,'她拿起纸说,'我和邦比两个人生活,100天后我们再联系。至于不见宝琳——你用你的人格担保了。'

"'哈德莉,'我说,'我爱你,真的爱你——但我对她的感情很特别,我说不清楚。'

"她说她不需要我解释——解释真的没什么用。她说我就是她的生命,她的全部生命,她牺牲了全部脸面想要留住我。'一百天就是来世,但我会迫不及待地等这一百天结束,希望你那很特别的情感会自行消散。'

"那天晚上我和宝琳一起吃饭,跟她说了一百天的事。她笑着说,她完全没问题,如果能得到我,一百天只是一个微不足道的代价。她从桌上的花瓶里取下一枝玫瑰递给我,让我一定把它放在我们的床垫下面。

"宝琳回了家乡——只有2000人口的阿肯色州的皮戈特。那里的一切都归她父亲和叔父,但金钱并不能消解她的无聊。

"离开前,她给我留了个纸条,说我们注定要一起面对命运,现在就是如此。她在纸条上说,她非常喜欢哈德莉,但她被拒之门外。她说她有钱能让我们过上好日子，我们可以在全世界任何一个国家买房，生六七个体格健壮的孩子，他们会讲我们所在的任何一个国家的语言，我们一起回任何一个家时，都有佣人为我们准备好一切。她还写道，一百天太久了，她不喜欢这样的分别，但这样的分别一定会有好的结果。"

我问欧内斯特，哈德莉有没有留在巴黎。

"她留下了，"他说，"她在弗勒吕斯街（Rue de Fleurus）找了一间公寓，离格特鲁德·斯泰因家不远。她写了一张单子给我，上面列出了她需要的我们公寓里的东西——家具，一些结婚礼物，她从圣路易斯家里带来的传家宝，一些衣物，邦比的所有物品，还有西班牙艺术家米罗创作的油画《农场》（*The Farm*，Miró）[①]，那是我送给她的生日礼物。

"哈德莉的住处距我们分居前的公寓有五个街区，我从锯木厂借来一辆手推车，分几趟把东西送到她那里。把这些熟悉无比的东西放进手推车推走，让我心烦意乱。

[①] 胡安·米罗（Joan Miró，1893—1983），西班牙画家、雕塑家、陶艺家、版画家，超现实主义的代表人物。是和毕加索、达利齐名的20世纪超现实主义绘画大师之一。——译者注

我哭了起来,而且哭了一路,其实我平时很少哭的。我到公寓后,哈德莉并不在,玛丽·科科特在照看邦比,邦比开心地跑到我身边。他看见我在流泪,问我是不是哪里受伤了。我把右手手背上的小伤口给他看。他很担心,跑去拿来绷带,小心翼翼地贴在伤口上。他的举动让我哭得更厉害了。

"我把米罗的画单独留在最后,用手推车送过去。他是个很好的朋友,虽然那时我还不知道这一点。那时我不得不省钱、借钱,用凑来的钱买下它。哈德莉非常喜欢,她把它挂在床头上。站在床上把画摘下来再放到手推车里让我心如刀割。

"把最后一车东西搬进去后,我抱起邦比跟他告别。他轻轻地拍拍我手上的绷带。'我爱你,爸爸,'他说,他只会说法语,'和爸爸一起生活很幸福。'"①

欧内斯特站起身,又从冰箱里拿出一杯威士忌,我的酒杯里还剩很多酒。空中的烟花络绎不绝。欧内斯特撕开一包椒盐脆饼干,倒在碗里。

---

① 原文为法语。——译者注

"我住进了墨菲的工作室,"他说,"但我并没有把注意力放在窗外,更多地是在看室内的画作,因为窗子正对的是蒙帕纳斯公墓(Cimetière du Montparnasse)。我眼前是墓地,等着我的是痛苦的一百天,我为自己写好了墓志铭:海明威之墓,他在本应向右走时选择了向左走。"

第六部分
PART SIX

信赖与绝交
Those to Count On and Those to Count Out

我到基韦斯特的第三天晚上,玛丽正在热情款待精英兰花俱乐部的成员,因为他们指导她如何在山庄种植兰花园(这是他们的术语)。所以,欧内斯特决定我俩去他最喜欢去的邋遢乔酒吧(Sloppy Joe's)吃点东西,这也是基韦斯特最有名的酒吧。

"我以前也是乔·拉塞尔的邋遢乔酒吧的合伙人,"欧内斯特说,"他们称我为'沉默的合伙人'。我们在后屋赌博,这才是进钱的地方。但要找到好的荷官很困难,因为如果他手法很好,你自己都无法察觉,他就会欺瞒你。对于经营赌场的人来说,也包括我们在内,最大的开支就在于警方保护。我们花了7500美元找了一位警长,他在任的第二年就开始对我们随意执法,把我们的店关停了,于是我们把他也罢免了。"

这里摆满了各种纪念品,陈设原始,游客众多,但凹室里的一张僻静的桌子早已为欧内斯特预留。我们点了一瓶多布拉斯,多布拉斯是哈瓦那的小佛罗里达酒吧为他独创的酒,这里是仿制的。服务员还给我们上了满满一盘去壳虾、一碗香辣鳄梨色拉酱。

"霍奇,"欧内斯特说,"我得请你帮我个忙。玛丽一直让我很头疼,她说家里不止我一个作家,但我太以自我为中心了,完全没有注意到她。"

"你是说哪方面?"

"帮她找些写作的活儿。你知道吗,我们在伦敦相识时她是《时代》杂志的特约记者。她想要写些文章,但我不知道怎么给她找活。我只是想,既然你一直在纽约,那里有各种杂志社,或许你可以帮她找一下。"

我已经很久没有给杂志社写过文章了,已经和编辑们断了联系,但我说我一定试试看。(我最终真的帮她在一家女性杂志社找到一个写作任务,让她写写"我的丈夫欧内斯特·海明威"。)

欧内斯特说他很不好意思求我办这件事,"但玛丽一直喋喋不休,说我忽略了她的写作才华,说我不希望她成为我的竞争对手等等。我快要被她逼疯了,就差把她的打字机扔了"。

"玛莎（他的第三任妻子）也很恼人，她不停地要我跟她讨论她的写作事宜，要如何安排时间配合她的日程，何时何地奔赴各处完成她的写作任务。不得不说她是位很优秀的作家，但我同样也是一位作家，我不会牺牲自我，优先满足她的需求。和她离婚让我得以暂时休息，因为我们没有孩子，也没有爱。她挣得比我多，她让我意识到，没有我的话，她会有更好的未来。或许离婚是对的，因为我们的兴趣和品味截然不同。我喜欢写作时的独处，没有她那样的野心。西班牙内战期间，整个马德里到处被轰炸。我们就在那段时间有了一段风流韵事，但我们错误地结婚后，那种激情就立刻褪去了。不过我从不后悔这段风流韵事，因为它的好处就是终于让宝琳提交了离婚申请。"

既然提起了玛莎和宝琳，我想这是个让他接着讲那一百天的好时机。

"那时《太阳照常升起》出版了吗？"

"正准备上架。在我 100 天审判期刚开始时，我以为达夫夫人和她的那群酒友一定会支持我，所以我试图通过接触他们来寻求自己的一席之地。但当我拿着新鲜出炉的并题好赠言的《太阳照常升起》来到多姆咖啡馆（Dôme）时，他们突然开始用语言攻击我。帕特称呼我为犹大①，还说他们不想看我的破书。我说：'你们吃了枪药吗？书里讲的只不过是我们的潘普洛纳之旅而已。有什么问题吗？''问题就在于，'他说，'现在全世界的人都认为我是干了自己淫乱的表妹的可怜酒鬼。'我说书中人物的名字和他们不一样。他说：'哦，当然如此，但这样就不会有人怀疑达夫·特怀斯登夫人就是小说里的勃莱特·阿什利女士（Lady Brett Ashley）了吗？您可真逗！'"

"'把我写成粗俗的犹太人，'哈罗德说，'我究竟做了什么恶毒的事？我陪你打拳击、打网球，去普鲁尼饭店（Prunier）给你买牡蛎，给你带普依富塞葡萄酒（Pouilly-Fuissé），带你见显赫人物，给你介绍巴黎出版商。结果却是到处遭人指点——那就是哈罗德·洛布，海明

---

① 犹大（Judas Iscariot），耶稣的十二门徒之一，因为三十个银币将耶稣出卖给罗马政府，耶稣被十字架钉死后，犹大因悔恨而自杀。——译者注

威书里那个讨厌的犹太人。'

"我说,'大家听我说,书里写的是我们曾经的状态——我们的所作所为,但我没有用你们的真名。'达夫说我误会她了,她没有和那个嗜杀成性的斗牛士发生关系。然后帕特问我,是不是我的生殖器在战争时期被炸掉了,是不是我就是那个性无能的杰克·巴恩斯(Jake Barnes)。

"我对他们进行了回击。'你们这些可怜的胆小鬼,完全不敢面对真实的自我。帕特,你就是那个搞了自己表妹、靠别人养活自己的酒鬼。你,达夫,你是个好伙伴,我很喜欢你,但请你直面现实,你不停地换着情人,希望借此找回你失去的某种东西。还有你,哈罗德,你知道你的问题所在吗?你就是古根海姆家族[1]的一个成员,但你毫无优势,家族里的其他成员扔些可怜的骨头给你

---

[1] 古根海姆家族(Guggenheim),古根海姆家族是一个有着阿什肯纳兹犹太人血统的美国家族。可追溯的家族最早成员是于1847年到达美国的迈耶·古根海姆(Meyer Guggenheim),该家族以其成功的采矿业及冶炼业而全球知名。19世纪,该家族拥有的财富位于世界前列。后期,该家族以其慈善事业,及对现代艺术和航空业的贡献知名。——译者注

啃,但却把你排斥在圈子之外,不听取你的任何建议,这让你很受挫。'

"哈罗德暴跳,抓起椅子,扬言要干掉我。达夫站了出来,让大家不要争吵,对我说我应该离开,顺便把我的书也带走。'我们就是真实的自己,'她说,'我们以前是你的朋友。'

"我们这个小帮派就这样解体了。那天晚上我在双叟咖啡馆(Les Deux Magots)喝了很多苏格兰威士忌。"

欧内斯特把服务生叫来又倒了些代基里。他看到我的餐盘乱七八糟,满脸困惑地看了我一眼。

"你为什么要把虾头剩下?这可是最好吃的地方。"他拿起一只虾头,开心地嚼了起来。我也吃了一个,但感受却全然不同。

"我听说哈罗德·洛布告诉众人,我那样写他——我在书里给他起名叫罗伯特·科恩(Robert Cohen),但这样也没能掩盖他就是原型这个真相——见到我后,他一定当场毙了我。于是我给他发了封电报,告诉他我什么时候在墙洞酒吧(Le Trou dans le Mur),什么时候在和平咖啡馆(Café de la Paix)对面的嘉布遣大道

（Boulevard des Capucines），这样他就能很轻松地找到我，但刽子手哈罗德一直也没有现身。过了一周左右，我在圣杰曼德佩区（Saint-Germaine-des-Prés）的利普咖啡馆（Lipp's）吃晚饭时，看到哈罗德走了进来。我走过去伸出手，他微笑着握住我的手，然后才意识到《太阳照常升起》已经让我们变成死敌。他猛地把手抽开，甩到身后去。我邀请他喝点东西，但他拒绝了。他说，'绝不。''好吧，'我说着走回餐桌旁，'那就一个人喝。'他离开了餐厅，这场仇杀就这样了结了。

"可能是和这本书有关，导致小团体里的其他人也都分道扬镳了。达夫很惨，她患上了很严重的肺结核，去世了。她的每一个扶灵人都做过她的情人。其中一位扶灵人十分悲痛，走出教堂时在老旧的台阶上滑倒了。骨灰盒掉到地上，沿陡峭的台阶一直滚到人行道上，骨灰盒被摔开了。"

服务员来到我们餐桌旁，给我们上了一份"金枪鱼－鳄梨－蟹肉堡"，它由三种食材分层叠加在一起，呈小塔型，是欧内斯特最喜欢的食物之一。

"这里的服务员对我尤为照顾，"欧内斯特说，"你看到过谁盘子上的食物比我们这个还漂亮吗?但发明这道菜的厨师自杀了。"

我说我从没吃过这道菜。我们把全部注意力都放在这道菜上,默不出声地吃着。

"对于酒吧来说,是道还不错的菜。"欧内斯特吃完后,招呼服务生过来给他倒代基里酒。我问他,关于分居这件事,巴黎的那些朋友是否站在他这边。

"没有站在我这边,反而是一件又一件事接连发生,不停地打脸。拿格特鲁德·斯泰因的聚会来说吧。我把她当朋友,也信任她的朋友们,我很期待同参加她那些聚会的艺术家和作家们见面。但一天晚上,我和毕加索在丁哥酒吧喝酒,因为我计划写一本关于斗牛的书,所以我们讨论他能不能为我的书做插画。后来,我们去了格特鲁德家,参加她每周一次的聚会。我们到达她家时,詹姆斯·乔伊斯[①]、多斯·帕索斯、

---

① 詹姆斯·乔伊斯(James Joyce,1882—1941),爱尔兰作家、诗人,二十世纪最伟大的作家之一,后现代文学的奠基者之一,其作品及"意识流"思想对世界文坛影响巨大。著有《尤利西斯》(*Ulysses*)。——译者注

《纽约客》[1]记者珍妮特·弗兰纳[2],还有艺术家胡安·格里斯[3]都在场。格特鲁德给我和帕布洛[4]倒酒时说:'我听说你们两个不喜欢我写的《艾丽斯·B.托克拉斯自传》(*Autobiography of Alice Toklas*)。我的眼线说,你和另一位自封的批评家毕加索先生在西尔维娅的书店里对这本书大加批评。'

"我说:'的确如此,我们不喜欢那本书,因为里面充斥着满怀恶意的谎言,还有恶毒的谋杀。'

"格特鲁德说:'错,我写的是对你和其他所有人最真诚的批评。'

"'不,是谎言。'毕加索说。

---

[1] *The New Yorker*,是一份美国知识、文艺类的综合杂志。以非虚构作品为主,包括对政治、国际事务、大众文化和艺术、科技以及商业的报道和评论;另外也会刊发一些文学作品,主要是短篇小说和诗歌,以及幽默小品和漫画作品。
——译者注

[2] 珍妮特·弗兰纳(Janet Flanner,1892—1978),美国作家和新闻记者,1925年起作为《纽约客》杂志驻站记者常驻巴黎,以笔名"Genêt"撰稿,直至1975年退休。 ——译者注

[3] 胡安·格里斯(1887—1927),西班牙画家,雕塑家。格里斯的绘画是立体主义的空间与文艺复兴的空间完美的结合。与毕加索、勃拉克同为立体主义风格运动的三大支柱。
——译者注

[4] 毕加索全名 Pablo Picasso。——译者注

"'不愿意接受可怕真相的人总是会否认真相，认为它是谎言。'格特鲁德说。

"'是谎言，格特鲁德，全部都是谎言。'我说。

"格特鲁德把她的一张大脸凑到我面前，'你可知道，海明威，我造就了你，你是一个在全世界流浪探险的硬汉。但事实表明，面对压力，你十分怯懦，这让我无地自容。'

"'先生们，'我说，'这个人疯了。这个女人曾经掌控她手下的所有人，如今却沦落了。她不明原因地心神不宁，还自以为是。'

"'你取得了一点不起眼的小成果——一本书——那不过是人生浩瀚海洋中的一滴水而已，就让你有资格评判你的前辈了——你太有趣了。'

"这时，乔伊斯也加入到我们的对话中来，他说：'海姆[①]，这样对付她就对了。她一生就是靠谎言活着的，每日沾沾自喜地坐在客厅里，用自己毫无价值的闲言碎语换取别人的智慧。我提议离开格特鲁德和她无聊的酒

[①] Hem，海明威的朋友对他的昵称。——编者注

席,不如去麦格劳(McGraw's)喝点货真价实的爱尔兰威士忌。'

"于是同格特鲁德的友情就这样结束了。

"后来我收到我心爱的母亲的一封信,我随时都把它带在身上。"欧内斯特从裤兜里拿出钱夹,抽出一张破旧的纸条,读了起来:"'欧内斯特,我已经收到你寄来的签名版《太阳照常升起》。虽然得知书十分畅销,作为母亲,我很高兴,但我听说这是年度最肮脏的书,这可不是什么光彩的事。除了"妈的"和"婊子"以外,你当然还会很多词语。我爱你,我依然相信你能做出名垂千古的大事。'"

欧内斯特说,他曾经指望过西尔维娅·比奇,把她的书店当作一个积极向上的地方。她就像是个姐姐——的确要比他自己的姐姐还要亲密——但她对他的困境太过同情,太急于安慰他,这让他感觉很可怜,而可怜正是他要极力避免的感觉。他想要的是经过这一百天的折磨,他的生活还保持原样。所以他和西尔维娅也闹掰了。

"我还寄希望于每周四同乔伊斯的聚会,但当到达我们常去的酒吧后,他告诉我,我当前的困境把我自己封闭了起来,因为我完全被自己的两难境地困扰住,导致我的忧伤冲淡了他的布什米尔酒(Bushmills)。

"喝酒确实让我更加忧伤。宝琳每天都给我写信,抱怨皮戈特的无聊,说她疯狂地想念我,比如她希望能把自己装在2分钱的简易包装纸中邮到我身边。那些信仿佛就是导火线,让我给她写了那些恶心、低贱、自怜的回信,信里充斥着矫揉造作,为给她带来痛苦而自责,进入一种没人赞成的疯狂模式。"

我说:"老爹,我知道乔伊斯是真朋友,他抛弃了你,我很难过。那菲茨杰拉德呢?"

"是的,斯科特是真心关心我,我也是真心对他。亲切地批评对方是我们友情的纽带。当我提起我的一百天困境时,他完全站在哈德莉那边。他说:'你可记得,我曾阻挠过这一切。我提醒过你,宝琳不满足于做你的情人,她想嫁给你。去年冬天,她开始一步步地朝你走去,目标就是捕获你,但同时她还同你妻子保持联系,总是把自己表现得很单纯。她会偶尔离开,但离开的时间刚好会让你开始想她,然后就会回来。她可能会给你带来好运,但也会给你带来懊悔。你不要心怀懊悔过一

辈子——懊悔只会伤透你的心。'

"我跟斯科特说，他理解不到，同时爱着两个女人，真心实意地爱着她们，是男人的最大痛苦。'我身体里住着一对双胞胎男人，他们都享受着爱情的甜蜜，但彼此却不能分离——很明显必须有一个人死去——我身体里的双胞胎兄弟手足情深，但又不得不编造借口、佯装起来，逃避命运。让二人都活着，你很恨自己，而你也知道必须有一个人死，但你却有着一种荒谬的洋洋得意之感。同时有两个女人爱着你，这仿佛就是处于一个荒谬的虚构世界，与世隔绝的伊甸园，类似于我们在小说里创造出来的场景。'

"斯科特问我，她们二人是不是真的各不相同。我回答说，是的。哈德莉单纯，传统，包容，朴实，正直；宝琳时髦，有格调，有闯劲，狡猾，喜欢打破传统。

"斯科特问作为性伴侣她们有什么不同。

"我告诉他：'是日和夜的区别。哈德莉很配合，很听话，我们的高潮很甜蜜。宝琳是爆发性的，狂野的；她主导我，高潮如同暴风雨。她们截然相反，我控制哈德莉，宝琳控制我。'

"'欧内斯特,听着,'他说,'最重要的是你要掌控自己。除了性,宝琳还有家财万贯,有佣人,精美的公寓,饭店,超豪华的狩猎远征,包括你的船……'

"我说,我可从没考虑过这些。

"'不,海姆,'他说,'你将过上我这样的生活,过上你觊觎已久的生活。你希望在丽兹酒店有固定座位,在昂蒂布海角有别墅,希望有豪华的狩猎远征。你厌倦了贫穷,因为贫穷让人难以忍受,你受够了。'

"'但我会写书挣钱。'我说。

"'大不一样,'斯科特说,'你可没有个格斯叔叔给你做私人银行。你是计件工,几年才能赚上一笔钱,其他时间分文不进。你需要的是哈德莉的美好品质,她的乐观。无论是宝琳本人还是她的钱,都无法给予这些。'"

两个盛装打扮的古巴小伙子一边在酒吧里走来走去,一边弹着吉他唱着歌。此刻,他们来到我们桌旁,给我们唱了一首古巴歌曲。欧内斯特很熟悉这首歌,抛开痛苦的回忆,他似乎松了口气,同他们一起唱了起来。歌手走开后,他说30年代他离开基韦斯特时,在邂逅乔酒吧的后院房间里存放了些东西。他想去看看那些东西是否还在，是不是比屋子里这些东西保存得更好。

那天早上，我看着欧内斯特推开客厅远端的门，门那边是一个房间。很久以前，他曾把许多首发版的书、原始手稿、信件还有未出版的材料存在了那里。他拿起第一版的《春潮》（*The Torrents of Spring*），那是他出版的第一部小说，数量稀少。书的封皮已经发霉，在他手中脱落下来。一个小纸盒里装着《有钱人与没钱人》（*To Have and Have Not*）的手稿，纸张已经变脆变薄，他一碰就碎了。都是霉菌、热带皮肤病和该死的嗑纸的甲壳虫捣的鬼。欧内斯特说，他离开后，宝琳整理过这些东西，她把有碍房间整洁的杂志都扔掉了，把所有的手稿从防腐文件柜里搬了出去，放在纸箱里，成了老鼠做窝的理想材料，被基韦斯特超大的蟑螂咬蚀。

如今，欧内斯特在邋遢乔的储藏室里找到了装有自己宝物的防腐文件柜。他打开一个抽屉，拿起《太阳照常升起》的手稿。手稿保存完好，抽屉里的其他手稿和文件也都保存完好。他大声说："现在感觉如何，先生们？所有的甲壳虫和蟑螂都去死吧，这里可没有免费午餐！"

他轻轻地关上抽屉，开怀大笑。"毕竟邋遢乔没有那么邋遢。"他说。

第二天天气酷热难耐，空气凝滞，花园里飞满虫子，嗡嗡作响。欧内斯特要来许多大冰块，放入温热的游泳池中。降温效果并不明显，但心里十分舒畅。我们坐在池边的阴凉处，脚放在水里，挨着漂浮的冰块。玛丽正在挂着吊扇的客厅里写信。

"所以打那一百天开始，你基本就是一个人待着？"

"是的。感觉就像是我被独自监禁在一个大监狱里，没有窥视孔，没有钥匙，狱卒就是我自己。我偶尔去看邦比，带他出去玩一会儿，我们常去卢森堡公园（Luxembourg Gardens）。每次我去接可爱的邦比时，哈德莉都不在家，这让我更加意识到我们的分居是多么令人心痛。邦比给我起了个名字——'爸爸夫人'（Madame Papa）。他会给我讲一匹住在公寓里的凶残的狼的故事，故事名为'狼先生不友好[①]'。有时，我们会在卢森堡的长椅上喂鸽子，或是在凉亭里吃冰激凌。其他时候，

---

① 原文为 Il n'est pas gentil, le monsieur Loop-Loop，法语。——译者注

他就会提起哈德莉，他会说：'妈妈哭得很伤心。'①

"这句话直戳我的心底。"

一只小蜥蜴在泳池边迅速爬过，在欧内斯特的膝盖上停了一会儿，扫了他一眼。欧内斯特还在说着话，它快速逃走了。

"我困在墨菲的工作室里，那里连暖气都没有，我又身无分文，穷到每天只能勉强吃上一顿饭的地步。于是，为了不去想我的悲惨处境，我激励自己，把我人生中经历的苦难写成短篇小说。《美国太太的金丝雀》就是对我和哈德莉最后一次一起乘火车去巴黎安排分居这个经历进行的再创作；《在异乡》（*In Another Country*）把我带回意大利的马焦雷医院（Ospedale Maggiore），我曾去那里医治受伤的膝盖，同我一起的还有一位意大利少校，他的右手断了。书写这些内容能帮助我净化那些痛苦的回忆。

"我经常失眠，但有些时候，我会在夜里去巴黎街头逛一逛。我会去看看车水马龙的协和广场（Place

---

① 原文为 Mama est triste, Elle pleure, 法语。——译者注

Concorde），或是去凯旋门（Arc de Triomphe）附近的咖啡馆里喝点苏格兰威士忌，看看香榭丽舍大街的全景。

"有时我会产生幻觉。曾经的一些生活片段在我眼前重新上演，比如哈德莉告诉我她怀孕的那一天，我抱起她，说我能猜出是男孩还是女孩。我把她放在地上，从口袋里拿出那只很旧的幸运兔脚——多年来，我经常为求得好运抚摸它，所以兔毛掉了许多。我对她说，我把兔脚放在她脸上方，她躺着不要动。如果兔脚向左摆动，就是女孩；向右摆动，就是男孩。我们屏住呼吸，兔脚轻轻地向右摆动。哈德莉咯咯地笑了起来，跳起来说：'我们庆祝一下吧——在街角小贩那里买一纸包的薯条和香肠，然后去杜伊勒里公园野餐。'

"'下着雪呢。'

"'那反而更好——我们可以朝雕像扔雪球。'

"'我爱你，宝贝。'

"'你会永远爱我吗？'

"'我会爱你无限久。'

"'我不知道无限久是多久。'

"'永远停止的地方，就是无限久开始的地方。'

"'啊!那一定要无限久!'

"在某些深夜,我的状态很糟糕。我感觉自己在劫难逃,情绪跌落到低谷。我会把自己投入到社会底层的糟粕之中,比如去散发着酸臭味的业余者咖啡馆(Café des Amateurs)。那里就是穆浮塔街(Rue Mouffetard)的污秽场所,里面挤满无可救药的酒鬼、被人抛弃的妓女、小偷小盗,还有拉不着客的皮条客;或许同他们一起沉沦,是对我玷污自己灵魂的一种惩罚。"

欧内斯特停了下来,这些回忆让他脸上浮现出痛苦的表情。他伸出手在冰块旁捧些水,洒在胸口和后颈处。他就一直保持这个动作坐了一会儿,只有虫子嗡嗡作响。我以为这次回忆到此为止了,但他跳入游泳池的浅水中,继续说:"我就是在那时候开始认真地考虑自杀。我不会采取明显的割腕形式或是用煤气自杀,因为这些方式可以获救。或许可以在我睡着的时候死去,但是怎么才能做到呢?或者滑雪时死去,比如在飘着雪的雪道上冲下去时心脏骤停;或者是遇到雪崩,但是窒息可能死得很痛苦。我曾独自去滑过几天雪,同陶布酒店的格拉泽夫人(Fräulein Glaser)讨论过通过雪崩自杀的问题。她给我讲了些在雪崩中去世的人的死亡过程，让我相信这绝不是什么好的死法。

"我断定，最好的死法就是深夜里从远洋游轮上跳下去，只要有勇气就足够了。这对于我来说非常容易，因为我喜欢潜水。也不会有人来验尸，众人以为我不过是失踪了而已。这样宝琳就可以被判无罪，哈德莉也不用和我离婚，邦比会知道爸爸被天使带走了。

"自杀的念头并没有持续太久，但那一百天就像支木柴的柴架一样一直悬在我的头顶。圣叙尔比斯教堂（Saint-Sulpice）是我可以寻求到一些慰藉的地方之一。教堂有两座塔，四层高，设计优雅，精美绝伦，和巴黎圣母院差不多大，但这里更让人舒心。它就在卢森堡公园那边，我和哈德莉曾用手推车推着邦比从那里路过很多次，但因为它是天主教教堂，所以从没有进去做过礼拜。那时我经常去，虽然宝琳是个忠实的天主教教徒，曾试过给我灌输天主教教义，可我那会儿也不是去祈祷的。那里令我着迷的是主门上方已经褪色的古老铭文，铭文内容是对上帝以及灵魂不朽的赞美。我十分相信我的灵魂是不朽的，所以待在那里，感觉身心轻松。

我曾写过一篇短篇小说，名为《我躺下》（*Now I Lay Me*），书中描写的是，我夜里在战场上被炸伤，感觉到灵魂出了窍，然后又重新归来。现如今，我冒犯了自己的灵魂，所以我不愿意睡觉。我担心自己一旦在黑暗之中闭上双眼，灵魂就会再一次出窍。只有运气好，它才能回来。所以，我会带着灵魂去圣叙尔比斯教堂里的一座很漂亮的小礼拜堂，尤其是在大管风琴演奏的时候。管风琴倚墙而立，那可能是世界上最大、最高雅的管风琴了。它演奏出的音乐优美洪亮，滋润我的心灵，余音绕耳足达数日。"

玛丽做好了午饭，在露台摆好，叫我们去吃。欧内斯特说天太热，吃不下，但他还是从泳池中走出来，擦干身子，走到露台，在餐桌旁坐下。

冰冻水果罐头是玛丽的午餐特色。吃过午饭，我们便去午休了，欧内斯特和玛丽去了正房。正房有一段外置金属楼梯，直接通向二楼卧室。我去了客房，幸运的是，客房的屋顶上有风扇（欧内斯特坚决反对使用空调）。

我尽量让自己午休，但是却睡不着。有一只个头巨大的蝎子在床周围爬来爬去，我观察了一会儿。然后又回到露台上去，看到一群蜻蜓正在水池上飞舞。后来欧内斯特也过来了，手里拿着两瓶汽酒。我提醒他，午饭前再给我讲那一百天发生的事。

"那些黑暗的日子，"他摇摇头说道，"我想像罪犯一样把那些日子从我的日历上划掉。晚上最煎熬，但有些地方能让我暂时忘掉它们，骑士夜总会（Le Jockey）便是其中之一，那是蒙帕纳斯上等的夜总会——里面有很了不起的黑人音乐家，演奏着优美的爵士乐。他们被美国拒之门外，但在巴黎非常受欢迎。我会去酒吧里坐一坐。貌美的女人们在舞池跳舞，周围回响着新奥尔良爵士乐，我仿佛从没听过那样的萨克斯声、号声和鼓声。有一天晚上，我的眼睛始终无法从舞池中一个美丽的女人身上移开——她个子高挑，咖啡色皮肤，眼睛乌黑，一双长腿十分有诱惑力。那天晚上很热，但她却穿着一件黑色毛皮大衣。她在同一位高大的英国军人跳舞，但却也一直在看着我。我从高脚凳上站起来，打断跳舞的英国军人，他试图用肩膀把我挤开，但那个女人从他身边走开,来到我身旁。军士咬牙切齿地看着我。我和这个女人分别做了自我介绍。她就是约瑟芬·贝克,是个美国人,这一点非常出乎我的意料。她说她要在女神游乐厅(Folies Bergère)表演,刚刚在那儿结束排练。

"我问她为什么要在六月的大热天里穿皮毛大衣,她悄悄掀开衣服,给我看她赤裸的身子。'我只是随便找一件衣服披上,'她说,'我们在女神游乐厅不怎么穿衣服。你要不要来?我是主演,演乌木女神。'她问我结婚没有,我说我在分居,我身边有两个女人,其中一个是我的妻子,她们两个都不想妥协。

"'我们得聊聊。'她说。她曾有过类似经历。

"我提议去一个没有萨克斯管干扰的地方喝一杯。她答应了,但她认为英国海军军士可能会来找我们麻烦。她说对了。那个英国人的确想拦住我们。'她是我带来的,'他说,'所以也得我带走。'我说:'这得由这位女士来决定。'英国人说他会在外面等我们。

"走出骑士夜总会时,那个军人抓住我的胳膊,我的袖子都被扯破了,然后一抡胳膊肘,把我抵在墙上打我。我开始反击。我们打得不分上下。警车拉着警笛赶了过来。后来我占了上风，警车还没开到，便把他摔倒在地。约瑟芬从地上拉着我的袖子，把我拽走了。

"那天晚上，我一直和约瑟芬在一起，坐在她家的餐桌旁，喝着她的某个倾慕者送她的香槟。我滔滔不绝地讲着我的烦恼，分析、解释、谴责、辩护，但大多都是些废话。约瑟芬一直听着，很专注，对我充满同情。她是个很棒的听众。她说她也受过同时爱上两个人的折磨。

"'我很担心我的灵魂，'我对她说，'无论我选择哪个人，都会伤害另一个人，这一定会有损我的灵魂。它曾经差点就离我而去，如今我怕我的行为会冒犯它，被它永远抛弃。'我问她，我怎样才能不让我的灵魂谴责我。

"约瑟芬细心地回答了我的问题。她说她也有过同样的感受，她只为自己的灵魂祈祷，灵魂就是她的信仰。'的确如此，'她说，'残酷的行为会冒犯灵魂，它会离开前往一个好的居身之处。欧内斯特，你的生命中需要有一些美好的事物来拯救灵魂。'

"我们聊了一整夜，直到清晨，聊我要如何才能说服我的灵魂不要抛弃我,尽管我会抛弃其中一个女人并对她造成伤害。"

我说我记得他在一部短篇小说中写到过骑士夜总会,还有和英国军人打架的事,但里面的女性角色不是约瑟芬·贝克。

"是的,"他说,"我认为她对于灵魂的想法是她的隐私,所以我在小说中编造了一个人来取代她,也没有提到任何关于灵魂的事。我写作时从不用真名,比如我曾(在《乞力马扎罗的雪》中)写过斯科特,但给他起了个名字,叫朱利安(Julian)。"

"失眠的夜里,卢森堡公园是我最经常去的一个地方。那里有一个露天音乐台,是用铁丝网围起来的一块场地,历史有一百年之久。我经常去那里听音乐会,而且会一直待到音乐会结束,因为结束后会有几位乐师留下来进行即兴演奏。这个小亭子的房东会为大家提供起泡白葡萄酒,对打烊时间全然不顾,他姐夫是执勤警官,比较照顾他。但有一次执勤的不是他姐夫,那个警官要求我离开花园,我拒绝了,于是收到一张传票,说我有逗留罪。

"有些时候,我会在夜深人静时去卢森堡公园,在我最爱的栗子树下找一张长椅,在我最爱的喷泉的庇护下睡去。

"一天晚上,我的心情糟糕透顶,于是我就去了卢森堡公园朝向托侬大街(Rue de Tournon)较远的那一端。那里有自由女神像的缩小版,原始铜制模型,女神的火炬只距我几英尺,基座上有一块铜制铭牌。"

照耀世界的自由女神

奥古斯特·巴特勒迪(1834—1904)[1]

在1900年世界博览会之际,奥古斯特·巴特勒迪向卢森堡博物馆提供了古铜色雕塑模型,这些模型用于制作纽约自由女神像。1906年,这个雕像被放置在卢森堡公园。[2]

---

[1] 弗雷德里克·奥古斯特·巴特勒迪(Frédéric Auguste Bartholdi, 1834—1904),法国著名雕塑家,美国自由女神像的创作者。——译者注
[2] 原文为法文。——译者注

"我每到夜里就想逃离这深渊,回到美国。在这位我无比熟悉的女神的陪伴下,我的心情就会缓解不少。有时我就去她那里祈福,就像经常做礼拜的人去朝拜他们心中的圣人一样。

"这天晚上,我对自己的处境有些痛恨,有些慌张,把这一切归罪于巴黎的诡诈,而不是我自己的过错。

"我坐在自由女神像对面的长椅上,思绪飘回到橡树公园(Oak Park)。那一天我离开家,离开母亲令人窒息的唠叨,仅带着信念与决心匆匆离去。那时我十九岁,有些大胆,也有恐惧。我回想起那时的我去了意大利,在战争(第一次世界大战)中期光荣地成为一名军人,却没过几天就在战壕里被炸伤,当时我还在吃着奶酪三明治。我回想起在米兰期间进行康复治疗的医院。后来,我灰头土脸地回了橡树公园,本以为会同一位护士结婚,结果却被她拒绝。于是便同我那位假正经、顽固不化的母亲一起困在了家里。

"所以我想,或许现在我也应该灰头土脸地回到美国,放下我在文学方面的狂妄自大,不再妄想这里就是自己的归宿。其实正相反,我在这里把自己和我爱的人的生活弄得一团糟。我曾经认真地以为自杀才是唯一的出路，这是多么地可悲。我把这一切讲给自由女神，说话的时候，我意识到自己竟变成了一个懦夫。

"卢森堡公园帮助我度过了无数个那样的夜晚。夜晚过后，新的一天接踵而来，将我的记忆时钟调回现实。

"在一连串这样糟糕透顶的夜晚之后的一天夜里，我决定去我最初的住处看看，那个位于勒穆瓦纳红衣主教街74号的两居室小公寓，共四层楼，没有电梯，楼梯很陡。我站在公寓对面，小楼肮脏不堪。楼里每层楼梯平台都有水龙头和便池，但我们室内没有。浴室是一个隔间，里面仅有一个水罐、一个盆、一个污水桶。污水桶里的水要倒到楼下平台的大污水桶里，垃圾要扔在底楼院子里的一个大垃圾桶里。

"看着那个毫无生气的地方，我想起了那些日子的饥肠辘辘。我们每日入不敷出——午饭每人只吃一个鸡蛋或是一个煮土豆。有时我会去卢森堡公园抓只鸽子回来做晚餐。

"我可以肯定地说，我丝毫不怀念人生中的那个时期。隔壁一楼是一间奏乐舞厅[1]，如今还和我住在那里时一样生气勃勃，门上还是挂着当年的牌子：卡洛伊内尔舞厅。我穿过马路，走了进去，在吧台点了一杯威士忌。那里还是那么昏暗，烟雾缭绕，熙熙攘攘，一对对紧紧地搂在一起，在狭窄的舞池里跳舞。跳舞的人也还是如同曾经那样混杂，有工人、水手，还有阿帕奇人[2]，他们在舞池中同女伴转来转去，动作类似杂技般的狐步舞，也夹杂着热辣奔放的探戈般的扫步、旋转、扭动、下腰。酒吧最里面有各色女子，其中有一些是妓女[3]，客人们从酒吧服务员那里买一些代币就可以同她们跳舞。

"同以前一样，小舞台上依旧有一位手风琴师笨拙地演奏着活泼的乐曲。他的脚踝上系着一圈铃铛，时不时地跺跺脚打着节拍。

"我喝了几杯威士忌，一边喝一边思考。后来，我买了一个代币，点了一个女孩。她一头红发，笑容甜美。

---

[1] 原文为 bal musette，法语。——译者注
[2] 数个文化上有关联的美国原住民部族的一个总称，阿帕奇部族历史上相当有势力，与白人抗争达数世纪。——译者注
[3] 原文为 poules，法语。——译者注

我们跳舞时,她一只手搭在我的颈后,丰满的乳房紧紧地贴在我的胸膛。她喷的香水很廉价,但我并不介意。我邀请她同我回家,她很乐意,但走到舞厅门口时我就反悔了。于是给了她几法郎,自己一个人离开了。

"我叫了一辆出租车,去了一家熟悉的土耳其浴室。裹上浴巾,在蒸汽房里一直睡到天亮。"

第七部分
PART SEVEN

一百天结束
The End of the Hundred Days

那天在基韦斯特吃完晚饭，玛丽说我们应该去看电影，但欧内斯特拒绝了，因为吹空调会扰乱他的循环系统，进而导致失眠。欧内斯特总是在防范各种潜在的身体伤害，尤其是肾脏区域。坠机事件后，他就更加注重预防了。

玛丽离开后，欧内斯特提议我们沿着海岸走去一家海上酒吧，那里环境舒适质朴。月亮挂在空中，在海上洒下点点银光，一位吉他手静静地弹着吉他。欧内斯特喝了招牌葡萄酒，我喝了啤酒。

吉他手暂停演奏时，我提起了白天的话题。

"老爹，"我说，"那一百天结束时发生了什么？"

"没有。"

"没有什么？"

"事情在第71天时就结束了，我把那一天也在我的日历上划掉了。那天早上，哈德莉要我去照顾邦比，因为她要去沙特尔（Chartres）一趟。你知道沙特尔吗？"

我说不知道。

"沙特尔很值得一去。它位于厄尔河岸（Eure River），距离巴黎只有60英里，是一座哥特式教堂。它建成于13世纪，非常古老，有着不同于其他教堂的彩色玻璃窗。我曾和哈德莉去那里冥想，我们在教堂的复杂迷宫里绕来绕去，只为了走到教堂中间的玫瑰①。我猜她会住在我们曾经住过的维丽酒店（Hôtel de la Ville）。那几天，我白天陪着邦比，晚上把他交给玛丽·科科特照看。他是个讨人喜欢的孩子，我带他去动物园，去马戏团（Cirque d'Hiver），但去得最多的还是卢森堡公园，因为那里有游乐场，有旋转木马。

"哈德莉去沙特尔已经有些日子了。一天晚上，我在丁哥酒吧一边喝酒一边和服务员吉米·查特斯（Jimmy Charters）讨论职业拳击。他是一个来自利物浦的英国

---

① 在沙特尔教堂的中殿地面上有一个螺旋形迷宫。它将中殿分成3/4开间，呈圆形，内外总共有12圈，最后抵达中心玫瑰花似的终点。——译者注

佬，曾是一位重要的轻量级拳击手。我把丁哥酒吧当作我的收信地址。这天晚上，他递给我一摞信。其中一封信上写着'维丽酒店'。我屏住了呼吸。哈德莉为什么要给我写信？我不敢拆开信封。我从口袋里拿出小刀，露出刀片，沿着封盖处小心翼翼地划开，展开里面唯一的一张信纸。信的开头写着'亲爱的欧内斯特'，是哈德莉的笔迹，只有几行字。她说虽然距她规定的期限还有三十天，但显然我是想离婚的，所以她决定同意离婚。虽然她曾发誓与我同甘共苦，但这苦并不包括娶他人为妻。现在她和我只是朋友关系，她不会再继续等我做决定了，因为她感觉我的意图非常明了，她会给我想要的自由。我把这封信从头到尾读了好几遍，让自己慢慢理解。我给宝琳写过那么多表达自己疯狂想念她的信——为什么我现在丝毫感觉不到快乐反而是麻木呢？这封简短的信，没有一字一句是在讲述我的所作所为带给她的痛苦、屈辱和失落，却将这些情感完全流露出来。我小心翼翼地把信叠好，装在灯芯绒夹克的内兜里，走出丁哥酒吧。吉米在后面喊我：'海明威先生，您的酒还没喝完呢！'

"我需要走一走。那天晚上,月亮出来得很晚。我穿过蒙帕纳斯大道,沿着吉内梅街(Rue Guynemer)转到波拿巴街(Rue Bonaparte),一路走到塞纳河边。我没有注意眼前的任何事物,心里也什么都没想。我站在栏杆处看了一会儿在下方的塞纳河里航行的渔船和驳船,然后沿着石阶走到与河水在同一水平线的马拉盖码头(Quai Malaquais)。那里只有一位渔夫,他抽着烟斗,在午夜时分下钩想试试运气。我在码头墙边找到一张石凳,坐在那里看着河上船来船往。我从麻木中逐渐清醒,想起她的那封信。我想,我内心深处一定是隐藏着一个极其不现实的愿望:我希望在这一百天结束时,哈德莉决定接受我的想法,让我把她们两个都留在我的生命中。或许正是这一幻想让我坚持了下来,让我给在皮戈特的她写去那些精神错乱的信。但哈德莉这封简洁、严酷的信表达了对我的绝望之情,我感受到了我带给她的痛苦和排斥,还有悲伤。我的内心开始担心我的灵魂。这对于我的灵魂而言是残酷之举,我曾和约瑟芬讨论过灵魂的重要性,讨论过我要么救赎灵魂,要么忍受它的抛弃。

"夜渐深,我有些昏昏欲睡,但逼迫自己保持清醒,这样才能看住灵魂，不让它离开我。多年前在意大利参军时我经历过这样的困境，于是我像以前那样让自己保持清醒。我让自己不停地回忆着童年：我和父亲一起在树林里打猎，他只给我的来福枪装了三发子弹；和我的伙伴比尔偷他父亲的威士忌，一起收听小熊队①的棒球比赛；从战场上回来后去钓鳟鱼，重新体验捕获颇丰的喜悦；和印第安女孩普鲁迪·博尔顿（Prudy Bolton）在林间玩耍；我和畏惧上帝的母亲激烈地理论；晚上，护士艾格尼丝·冯·库洛斯基（Agnes von Kurowsky）来到我的病床前，我曾愚蠢地希望娶她为妻；我妹妹杰拉尔丁（Geraldine）的婚礼；我19岁去纽约流浪时的事情，尤其是一天晚上，火车制动员把我从货运车厢赶了下去，我在铁轨上遇到一个带着大黑狗的疯子拳击手；火车站有五个妓女在等火车，其中一位叫艾丽斯（Alice），块头很大，她一定有350磅，相当于三个女人的重量，她面容姣好，向众人夸耀自己被拳击冠军史蒂夫·卡其尔

---

① 芝加哥小熊队（Cubs），美国职业棒球大联盟（MLB）的一支球队；初创于1870年，1902年正式更名为小熊队。
——译者注

（Steve Kechel）睡过。

"塞纳河终于迎来破晓，它将自己的敌人——夜晚赶走，河上的船只多了许多。我终于松了口气。午夜打渔的渔夫已经离开，其他渔夫开始在塞纳河的桥台上建立起自己的一片小领地。我拖着疲惫的、紧缩的身躯从椅子上站起来，沿着破旧的石阶而上，朝墨菲的工作室走去。我必须采取行动抚慰我的灵魂。我坐在墨菲的巨幅钟表油画下方的桌子旁，开始给哈德莉写信。我感谢她做出的勇敢、宽宏的行为，告诉她，我马上通知斯克里布纳出版社，《太阳照常升起》这本书的全部稿酬都归她所有。我坦言称，因为她自始至终的支持和为我提供的金钱后盾，我才写成这本书。如果没有和她结婚，这本书永远也不会诞生。我说，邦比有她这样的母亲，十分幸运；我十分欣赏她的智慧和心灵手巧，愿上帝眷顾她以弥补我给她带来的伤害；她是我见过的心地最善良、最诚实可爱的人。我把信叠好，放在一个写有墨菲地址的信封里，有意识地拿粘信封用的胶水在舌头上抹了抹，谨慎地把信封盖封好。一直以来我都在追求这一刻，当这一刻终于来临，我却丝毫开心不起来。我也没有发电报给宝琳告知她。我只感受到失去所带来的悲伤。这一刻的到来是我自己一手设计的,到头来我却感觉像是个受害者。

"我又拿起一张信纸,给宝琳写了信,告诉她哈德莉屈服的好消息,说她可以回巴黎了。"

欧内斯特说,他给哈德莉回信后不久又收到她的一封信,信中感谢他把《太阳照常升起》的全部稿酬都给了她和邦比,她还请他把一直存放在她餐厅的行李箱拿走。

"信的结尾,她善意地、富有母爱地嘱咐我一番:一定要好好吃饭,好好睡觉,保持健康,努力工作。信的落款写着'永远爱你'。这些字非常触动我的内心。"

第八部分
PART EIGHT

婚礼的钟声为谁而鸣
For Whom the Wedding Bell Tolls

吉他手一回来，我们就离开了酒吧。回欧内斯特家的路上，我问他，宝琳回巴黎后发生了什么。

"如我所愿，"欧内斯特说，"宝琳回到巴黎后，我从墨菲工作室搬了出来，住进了她在皮科特街上的公寓。我们终于可以公开同居了，但我们从没讨论过结婚，而且我也没有想过要马上结婚，如果真要结的话，也要有适当过渡。但宝琳不这么想，她立刻就预订了位于维克多雨果广场圣奥诺雷街上非常时髦的艾劳教堂（d'Eylau, Saint-Honoré, Place Victor Hugo），决定在那里举办婚礼。在奢华的教堂里举办盛大婚礼绝非我所愿。她还在卡地亚（Cartier）定制了高级的镀金请帖，还说要找'一个适合我们的大房子'，这些都不是我想要的。"欧内斯特说他向来不喜欢被众人簇拥，他感觉自己急需喘口气。他的好朋友盖伊·希科克（Guy Hickok）是《布鲁克林每日鹰报》（*Brooklyn Daily Eagle*）的巴黎地区经理，他曾提议过两个人一起去墨索里尼①统治的法西斯意大利旅行，于是欧内斯特同他取得了联系。

"我告诉宝琳，我和盖伊要去意大利进行为期十天的单身汉之旅以'推进男性社会发展'，但她不喜欢我的提议，因为这样的话，她预约的教堂婚礼时间就不得不推迟一个月。

"我和盖伊开着他三手的两座福特轿车出发了，经文蒂米利亚（Ventimiglia）进入意大利。在毫无计划的情况下，随意游览了比萨、佛罗伦萨、博洛尼亚（Pisa, Florence, Bologna）等地，因为我认为那些地方对单身汉比较友善。我在短篇小说《祖国对你说了

---

① 贝尼托·阿米尔卡雷·安德烈亚·墨索里尼（Benito Amilcare Andrea Mussolini, 1883—1945），出生于意大利费拉拉省，意大利国家法西斯党党魁、法西斯独裁者，第二次世界大战的元凶之一，法西斯主义的创始人。1922年至1943年任意大利王国首相。1925年墨索里尼建立了法西斯政党，加剧了法西斯侵略战争，给意大利人民和其他国家带来了巨大的灾难。——译者注

什么》（*Che Ti Dice La Patria*）中描写过这次旅程。那美好的十天驱散了婚礼带给我的压力。

"但好景不长。我一回到巴黎，各种问题就把我拉回到现实面前。首先，宝琳告知我，因为我不是天主教徒，所以无法在圣奥诺雷街艾劳教堂结婚，也就意味着在婚礼前两周时间内，我必须证明自己是天主教徒，可我并不是。我并不是反对成为天主教徒。宝琳是个十分虔诚的天主教徒——事实上，皮戈特的房子里就有一个小礼拜堂——她去天主教堂祷告时，我也同她一起去过，但我和天主教唯一的关联，如果我们称之为'联系'的话，就是我喜欢曼特尼亚①画的那幅《死去的基督》（*Dead Christ*），以及其他类似基督绑在十字架上的画。但如果说作为一名真正的天主教徒的话，我能做到的就是尽量让教会里的长者相信，我在意大利受伤后和其他伤员一起被送往急救站

---

① 安德烈亚·曼特尼亚（Andrea Mantegna，1431—1506），意大利帕多瓦派文艺复兴画家，在壁画领域创造了用透视法控制总体的空间幻境。——译者注

时，一位来自阿布鲁奇①的牧师在一排排床前走过，给我们施了油膏。

"除证明自己是天主教徒这件恼人的事外，紧接着等待我的就是一份宣告我和哈德莉离婚手续全部结束的公告。尽管这是意料之中的，但不知道为什么，这份公告还是让我非常苦恼。

"就在教会对我进行询问期间，我遇到一个问题，这个问题使得我做出的关于天主教信仰的解释更加有说服力。这个问题就是，我无法和宝琳做爱了。我从没有过这样的问题——我努力去改善，但毫无结果。宝琳并不介意，但后来我不得不跟她提起这件事。'我和杰克·巴恩斯一样差劲，'我对她说，'他尚且有个好借口——阴茎在战场上被炸掉了。可我有什么借口？'"

"她说或许是她的问题，她忙于准备婚礼，没有把太多心思花在激起我的情欲上。我说：'不，你一

---

① 阿布鲁奇（Abruzzi），意大利中部地区。——译者注

直都做得很好，你没有因此苦恼，也没有提起过这件事。可是我没和哈德莉离婚时，我们在床上都很兴奋，这又怎么解释呢？'她问我有没有去看过医生，我说我去看过，我还尝试过各种方法，比如斑蝥（Spanish Fly）、中药、各种药片，或是在睾丸上系电极进行刺激等。'或许你不应该嫁给我这种废物。'我说。

"她说她不想看我受罪，所以问我能不能为她做一件事，不如去教堂祷告？

"我说祷告对于她来说没有问题，因为她是个虔诚的天主教徒，但我没有信仰，也没有资格去祈祷。

"'上帝在天有灵。'

"而且，我感觉，跪在耶稣面前求他让我勃起，这件事太愚蠢了。

"'距这里两个街区远有一个小天主教堂，试一下，你又没有什么损失。'

"我很绝望，于是我就去了。小教堂里有一个祭坛，里面有圣母玛利亚像[①]，两个修女在祷告。我感

---

① Virgin Mary，耶稣基督之母。——译者注

觉自己很愚蠢。我害羞地走到祭坛旁，来到圣母像前跪了下来，眼睛盯着完全没有注意我的修女。我低声对圣母说：'圣母，我并不是您的信徒，但我妻子是，为了她，我有一个请求。您看见了，我是个男人，应该由我来播下种子，这是我的职责，但播下种子需要有力的锄头。圣母，我的锄头曾经强壮有力，但现在啊，请以耶稣和圣灵（Holy Ghost）的名义，赐予我一把可以播下种子的有力锄头。阿门。'

"我回到家，宝琳正躺在床上。她翻到我身上，我们像以前一样云雨了一番。

"从那以后，我更乐于去教堂长者那里接受天主教的洗礼了。"

我们到家后，欧内斯特调了些酒，然后我们继续在露台上聊天。

"我记得我跟你说过，宝琳急着要找一处比我和哈德莉住的房子大得多的公寓。她还力劝我帮她一起找，但我断然拒绝了。我还没有准备好急着做这些烂事。我们不断地收到皮戈特大家族寄来的1000美元的支票作为结婚礼物（我和哈德莉收到的礼物大多是传家宝,但皮戈特家没有)。我们还收到一块莱俪瓷器、一件延森银器[1],当然,这些东西我们永远也不会用到。

"我定期去哈德莉的住处接邦比。每次我去,哈德莉都躲出去,但有一次她还在家。我们的聊天很愉快,甚至可以说深情。出乎我意料的是,我在完全没有准备的情况下脱口而出,说如果她想和我复合,我愿意回到她身边。她笑着说,还是现在这个样子比较好。后来,我在丁哥酒吧一边喝酒一边自责。

"我没有帮任何忙,宝琳就成功地在费鲁街(Rue Férou)找到了满足她要求的住处。房子里有正式的客厅,宽敞的主卧、餐厅、厨房,双卫生间,还有一间次卧和一间书房。体贴的格斯叔叔非常愿意为我们买下它;此外,他还很开心地为我们买了车、基韦斯特的房子;为我买了渔船;还拿出2.5万美元让我们去非洲进行奢华的旅行。

---

[1] 法国莱俪(Lalique),国际知名水晶品牌,创办于1860年;延森(Georg Jensen)银器,1904年创办于丹麦哥本哈根。——译者注

"婚礼上,宝琳穿了一条郎万时装[①]专门为她设计的裙子,戴着卡地亚珍珠项链,梳着精心修剪的发型。我穿着花呢西装、马甲,系着新领带。"

我问欧内斯特,那一百天中抛弃他的朋友有没有来参加婚礼。

"没有,"他说,"我没有邀请他们。"

玛丽看完电影回来了,来到露台上。

"金特纳(Kintner),"欧内斯特叫着她的昵称,"电影好看吗?"

"盖布尔(Gable)太老了,不适合这个角色,他不应该接这个角色。"她生气地说,样子就好像自己被骗了。

"人是骗不过摄像机的,"欧内斯特同情地说,"游个泳吧,别想了。"

"我不想游泳,"玛丽断然道,"我要睡觉。你和霍奇晚上过得好吗?"

[①] Lanvin,法国历史最悠久的高级时装品牌,于1889年由让娜·朗万(Jeanne Lanvin)女士创立。——译者注

"我们去天鹅酒吧（Swan's）喝酒了。"

"冰箱里有新鲜的菠萝。你喜欢菠萝吗，霍奇？"

我回答说我喜欢。她拿出一罐饼干，说和菠萝很配，然后道了声"晚安"就去睡觉了。

"她对电影十分挑剔，"欧内斯特说，"很难被取悦。"他掰开一块饼干，分给我一半。"菠萝就算了。"他站起身，往录音机里放了一张唱片。一位女歌手用嘶哑的嗓音唱着法语歌曲。

"我们刚才说到在圣奥诺雷街艾劳教堂举办婚礼，"我说，"婚礼上有音乐伴奏吗？"

"只有管风琴演奏的吵吵闹闹的东西。"

"我敢打赌，你那时一定准备好去度蜜月了。"

我知道欧内斯特后来选择了去原始僻静的小村庄格罗迪鲁瓦[1]度蜜月，我和他曾在沿滨海大道开往潘普洛纳的途中去那里吃过午饭。格罗迪鲁瓦距离城墙

---

[1] 格罗迪鲁瓦（Grau-du-Roi），法国南部海滨小镇。——译者注

围绕的艾格莫尔特市（Aigues-Mortes）仅数英里远，位于罗讷河①河口下游。他告诉我 13 世纪时，西莫内·博卡内格拉（Simone Bocanegra）为了保护艾格莫尔特市，也就是路易九世开始十字军东征的地方，建立了那些让人叹为观止的壁垒②。显然，欧内斯特钟爱那里，也就是在探寻这些壁垒时，我明白了他钟爱那里的理由。欧内斯特说，选择在格罗迪鲁瓦度蜜月，他可以花微薄的膳宿费，沿着漫长的白色沙滩漫步，在平静的海水中游泳，吃村庄里简单的食物。一切都是为了洗去巴黎教堂里的浮夸。

欧内斯特说那里非常适合写作。他事先告诉宝琳，早上他要工作，下午钓鱼、游泳、去景色如画的白沙滩上散步。"我有两篇短篇小说《十个印第安人》（*Ten Indians*）和《白象山》（*Hills like White Elephants*），

---

① 罗讷河（Rhone）是欧洲主要河流之一，法国五大河流之首，地中海流域尼罗河之后第二大河。——译者注
② 十字军东征（1096—1291）是一系列在罗马天主教教皇的准许下进行的、持续近 200 年的宗教性军事行动，由西欧的封建领主和骑士，对地中海东岸的国家，以收复阿拉伯人入侵占领的土地名义发动的战争。前后共计有八次。——译者注

就是在那期间写成的,"他说,"我感觉写得还不错。但我又开始阳痿,这绝不是新郎在度蜜月期间应该带给新娘的,这就像是笼罩在我身上的魔咒,我感觉很难过。但宝琳对此不屑一顾,无论我做什么或不做什么,对于她来说都没有问题。她排除千难万险才得到我,对待我就像对待爆米花①里的奖品。"

---

① Cracker Jack,焦糖裹层玉米花和花生混合成的一种零食,目前为百事食品公司旗下的商标。它最著名的特色是包装内都附有一个玩具。——译者注

图六 1960年，瞭望山庄：这是欧内斯特匆忙离开古巴前，我给他拍的最后一张照片。他把所有财产都留在了那里，却再也没有回来。

第九部分
PART NINE

与费孚短暂而不幸的婚姻生活
The Short Unhappy Life of the Pfeiffer Nuptial

在基韦斯特接下来的一天,欧内斯特直到傍晚才露面。我来此拜访他的目的是按计划把他的短篇小说改编为影视剧本,这一天我们终于开始着手处理此事。他的短篇小说《赌徒、修女和收音机》(*The Gambler, the Nun, and the Radio*)内容略微单薄,改编起来尤为棘手,所以我需要从他那里得到更多信息。

欧内斯特提供的建议大有裨益,讨论结束后,对于这些短篇小说的改编处理,我比之前自信了一些。他倒了些酒,让我们"冷静一下"。

玛丽在一位古巴妇女的陪同下来到露台,古巴妇女个子很矮,把手中端着的一个大盘子放在我们面前。"卡梅丽塔(Carmilito)给你们炸了些鱿鱼,做下酒菜。"玛丽说,"我们去特迪商店(Teddy's)买岩龙虾和鲳参鱼做晚饭。亲爱的,还需要买点别的什么吗?"

"鲷参鱼配什米（shimmy rice）怎么样？"

玛丽问卡梅丽塔会不会做什米。我从没听说过什米，但卡梅丽塔知道，于是她们出发了。

欧内斯特举起酒杯。"为什米干杯。"他说。我们喝了口苏格兰威士忌，小口吃着外酥里嫩的鱿鱼。太阳西下，天气也不那么热了。

"你读过尼采[①]那个老家伙的书吗？"他问我。

"读过一点。"我说。

"你知道他怎么评价爱情吗？他说，恋爱时，人们看到的事物完全不同于现实。"

"你是指宝琳？"

"是的，没过多久，我们之间的不和就开始暴露了。我觉得这一切大概是从我们去皮戈特同她家人一起生活开始的。我们在格罗迪鲁瓦度蜜月时，我一直在构思写

[①] 弗里德里希·威廉·尼采（Friedrich Wilhelm Nietzsche，1844—1900），德国著名哲学家，被认为是西方现代哲学的开创者，语言学家、文化评论家、诗人、作曲家、思想家，他的著作对于宗教、道德、现代文化、哲学，以及科学等领域提出了广泛的批判和讨论。他的写作风格独特，经常使用格言和悖论的技巧。尼采对于后世哲学的发展影响极大，尤其是在存在主义与后现代主义上。——译者注

一本新书。很多书中都描写过'一战'时法国与德国对抗的情节，但只有我写过意大利战场以及我参加的那段战役。我在格罗迪鲁瓦时开始撰写这本书，后来在皮戈特时每天清晨趁热浪还未袭来时便开始写作。那里的日日夜夜如撒哈拉沙漠般单调无比。傍晚时我们总是同费弗一家子一起度过，那些时光无聊、难熬，但宝琳却好像很喜欢乏味的饭后闲聊，从来没有想过要帮我躲过去。皮戈特没有任何事情能让我从那些苦不堪言的陈词滥调中得到缓解。那里可以狩猎到的只有鹌鹑，而当时又已经过季了，也没有水域可以钓鱼。我每天从黎明一直写作到正午，因为那段时间的温度还可以让人忍受，但从中午开始，就只有无聊的皮戈特一家了。

"我收到菲茨杰拉德的来信，他在信中告诉我哈德莉已经再婚，与我认识的一位记者——保罗·莫勒（Paul Mowrer）结婚。他是《芝加哥每日新闻报》（*Chicago Daily News*）驻巴黎的通讯记者，很绅士，会体贴人。得知这个消息，我更加难过。信上说，他们将要在巴黎郊外的克雷西昂布里（Crécy-en-Brie）附近的乡下定居。让我惊讶的是，哈德莉竟然这么快就结婚了。我早该知道，凭她的魅力和优秀品质，一定会吸引很多追随者。而我却一直幻想着，某一天当我离开宝琳，回到她和邦比身边——这件事的可能性似乎越来越大——当时她还是单身一人。离婚以后，我经常给她写饱含深情的信，极力表达我的想法，告诉她我遇到的女性越多，就越欣赏她。事实上，我在每一封信中都告诉她我仍然爱着她。她婚后，我继续写信给她，大胆地表示亲密。但哈德莉终于给我回信了，说我的信让保罗有些心烦意乱。于是我就不再写信给她了。

"皮戈特的生活本就十分压抑，当宝琳宣布自己怀孕时，这种压抑感倍增。当初婚礼突然来袭，如今孩子也这么快就来扰乱我的生活，我完全没有做好准备。而且事实表明，这的确让人愁肠百结。我们去堪萨斯市（Kansas City）生产，但宝琳在产房里经历了长达 18 小时的痛苦挣扎，最终不得已进行了剖腹产手术。

"之前哈德莉生孩子时很容易，但宝琳从一开始就患上了严重的并发症，而且分娩过程十分残暴，尽管医生给她打了止痛针，她还是尖叫个不停。有一次，我和我父亲一起见证过一位印第安女人发出这样的尖叫，所以关于这种痛苦，我有一段与众不同的记忆。我的父亲是一位医生，那时，他要去湖泊上游的印第安营寨给一个状况十分糟糕的印第安孕妇进行医治，他带我一起乘上逆湖水而上的小船。当时我还很小，七八岁。父亲解释说，那个女人生孩子生了很久，但还是生不出来。他说，婴儿从母体里出来时应该是头部先出来，但如果婴儿位置不对，就需要把母亲的腹部切开。不过他说他没有合适的工具，所以只能用随身携带的小折刀。我努力让自己不要去看，但当父亲把婴儿从母体中取出，把它举起来时，我还是看见了。宝琳就像那个印第安妇女一样，经历了18个小时的煎熬，医生要对她进行剖腹产手术，把婴儿取出。那个可怜的印第安女人的形象在我的脑海中萦绕了许久。很久之后，当我在《印第安营寨》（*Indian Camp*）中描写这件事，描写在她上铺自杀的丈夫时，我以为我已经处理好这种痛苦了，但宝琳经受的折磨又把它带了回来。

"我们坐了21个小时的火车才回到皮戈特。火车上闷热潮湿，孩子一直哭个不停，我真希望自己被扔出去，逃离现场。所以，为了远离皮戈特家的拘束，我联系了我的老朋友比尔·霍恩（Bill Horne），同他在堪萨斯市会面。我开车前往怀俄明州的一个度假农场，远离了宝琳和孩子带来的苦恼以及皮戈特家族。感谢上帝，那三个星期过得真开心。我每天早上撰写新书《永别了，武器》（*A Farewell to Arms*），下午钓鲑鱼、打松鸡，晚上吃上好的农家食物，喝上好的私酿威士忌①。

"我们的孩子叫帕特里克（Patrick），三个星期后，宝琳把孩子扔给她妹妹金妮，来到了农场。后来，宝琳经常长时间地把帕特里克留给金妮照顾，所以人们经常误以为金妮是他的妈妈。宝琳勇敢地去尝试钓鱼、打猎、骑马，但她并不擅长，远不如哈德莉在这些方面做得好。后来我开始计划去非洲狩猎远征，宝琳听说这件事后，便接管了一切。她让永远都乐于助人的格斯叔叔赞助了25000美元，支持我们进行了一次奢华的狩猎旅行。她并不擅长跟踪和射击大型猎物，但还是勇敢地坚持着，一切都是为了我，而不是因为喜欢打猎。打那以后，我

---

① 1920年，美国国会颁布禁酒令，禁止酒精饮料的酿制、转运和销售，于1933年废止。——译者注

又进行过几次狩猎远征,但都没有带宝琳,也不奢华。"

玛丽和卡梅丽塔回来了,给我们带了些猪油渣,让我们在她们准备晚饭时吃。

"你经常受到这么优厚的待遇,能吃到这个?"我问欧内斯特。

"当然不会!玛丽是在向你炫耀呢。"

猪油渣很美味。

"我来跟你说说我是什么时候对宝琳拱手认输的吧,"欧内斯特说,"就是她宣布自己怀了二胎的时候。一胎已经把我逼成精神病了,再来一个,整天哭哭啼啼,拉屎尿尿,我真的要玩完了。后来证明事情确实如此。这一次,宝琳经历了12小时的挣扎,最终医生又一次仁慈地给她进行了剖腹产手术。事后,医生把我叫到一边,交代说,她以后不可以再怀孕,从此以后我们亲热时我一定要体外射精。这正如我愿。这一次又是个男孩——我们给他起名叫格雷戈里(Gregory)——他哭闹起来比帕特里克还要厉害,所以,我像上次一样,迅速离开了皮戈特。这一次,我去了基韦斯特见老朋友乔·拉塞尔——我跟你讲过，我俩曾合伙开过邋遢乔酒吧——去古巴待了两个星期。乔把他的船"安尼塔"（Anita）停靠在哈瓦那。实际上，我计划的两周时间延长到了两个月。我在哈瓦那的两个世界酒店（Ambos Mundos Hotel）租了一间转角房，我和乔基本每天早上都去钓马林鱼。

"那时，哈瓦那是个很棒的不夜城：夜总会灯光炫丽；旅馆里有完全开放的赌桌；舞厅①里的女孩都很漂亮，跳一支舞只收5美分；回力球场②里有赌博会所，人们在那里有输有赢；还有舞蹈队和音乐家集群的娱乐厅；小佛罗里达酒店供应玛格丽特酒和精致的海鲜。

"很多傍晚我都是同一个叫简·梅森（Jane Mason）的22岁漂亮女孩一起度过。她来自矜贵的纽约塔克西多公园地区（Tuxedo Park, New York），后来搬去了布赖尔克利夫（Briarcliff）。她大概是我认识的最开放的人

---

① 原文为 dance academias，西班牙语。——译者注
② 原文为 frontón，法语。——译者注

了。她嫁给了泛美航空公司①驻古巴地区的总经理 G. 格兰特·梅森（G. Grant Mason），但她并没有让自己与古板的 G. 格兰特的婚姻妨碍到同我一起冒险。我们去无忧宫②跳舞，有时也和 G. 格兰特一起，她还经常陪我在纳斯奥纳尔酒店的轮盘赌桌前下赌注。她会驾驶她那辆黄色的帕卡德大敞篷车③，带着我在哈瓦那兜风，也经常来到安尼塔船上和我们钓几天的鱼。我教她捕马林鱼，她做得非常棒。作为猎人俱乐部（Club de Cazadores）里的唯一的女性，她打鸽子也很厉害。有时我们做搭档，下很多赌注，然后大赚一笔。她丈夫经常出差，于是她就会来到我在两个世界酒店租住的房间，在那里，我可以摆脱体外射精的束缚。我从没有和她那样漂亮、开放的女性在一起过。她像泽尔达·菲茨杰拉德一样变化莫测，而且在其他某些方面也和她很像。每当我心情不好

---

① 泛美航空（Pan American Airways），创立于1927年，1991年倒闭；世界知名的航空公司，更是 20 世纪的文化象征。——译者注
② 无忧宫（Sans Souci），18 世纪德意志王宫和园林，普鲁士国王腓特烈二世模仿法国凡尔赛宫所建，1990 年列入世界文化遗产。——译者注
③ 帕卡德（Packard），美国老牌豪华汽车品牌，诞生于 1900 年，1959 年停产。——译者注

时，一想到她披着金红色的长发站在安尼塔船头的样子，我就会振奋起来。"

"宝琳知道她的事吗？"我问。

"我确信她一定知道的。当年我把我和宝琳的事对哈德莉保密，但这次没有，我希望宝琳知道简的事。我在信中把关于简的一切都告诉了宝琳，甚至还给她寄去我和简在安尼塔船上一起拍的照片。"

"你是在提供各种理由要她提出离婚？"

"是时候离婚了，但宝琳不会犯哈德莉那样的错误，不会提出一百天的要求。宝琳早已表明自己在婚姻中的权益，无论如何，她都不会让步。她知道简很漂亮，所以她在格斯叔叔为我们买下的基韦斯特的房子写来信说，来见我之前，她要去整容，把自己的大鼻子、不完美的嘴唇、突出的耳朵都修整好，去掉肉赘和痣，好和简竞争。我在信中提到我和简同一条巨大的马林鱼斗争了两个小时，最后它还是溜走了。宝琳回信说，明年她会和我钓到超大个头的马林鱼，还说我回到基韦斯特后，她和孩子们会像小狗一样跟着我。这就是她的原话：'像小狗一样。'"

"你想过主动提出离婚吗?"

"想过,但我知道她一定会和我拼命的,而且舆论会对孩子们不利。另外,我有什么理由提出离婚呢?法官阁下,我很快就抛弃了这个家,一个人去了怀俄明、基韦斯特、古巴,在那里我遇到一位22岁的性感美女,她和我通宵钓鱼,一起在哈瓦那兜风,在宾馆同居,我们过得很开心。我的离婚理由是什么?是我的妻子宝琳让我这样做的?我只能等待这一切结束,去狩猎远征但不带她。在基韦斯特待上一段时间,写一写我正在酝酿的新书,比如《死在午后》(*Death in the Afternoon*)。

"为了让我留在基韦斯特,宝琳说服格斯叔叔出资买了一条38英尺长的打渔船专门送给我,就是皮拉尔号,你去古巴看我时我们一起钓鱼的那条船。我和玛丽就是乘那条船来到这里的。我们明天出海怎么样?格雷戈里奥可以撒几条渔网。我认为现在还没到打马林鱼的季节,但其他的鱼多得是。"

我说那太好了,因为我后天就要回纽约了。格雷戈里奥·富恩特斯经验丰富,很擅长在欧内斯特钓马林鱼时掌控好船只。有时,欧内斯特会将皮拉尔号停泊在其庄园附近的渔村科希玛（Cojimar），那时就会由格雷戈里奥来照料船只。我相信，格雷戈里奥就是《老人与海》中那个老人的原型。

"后来简·梅森怎么样了？"我问。

"很惨。她和丈夫发生了激烈的争吵，鲁莽之下，从位于哈瓦那郊外的海玛尼塔斯区（Jaimanitas）豪宅的二楼跳了下去，或者可能是被推下去的，把脊柱摔坏了。大家小心翼翼地把她送去纽约，经历了很长时间的手术和恢复。一年多后，她回到古巴，我们又见了面，但一切都变了。"

第十部分
PART TEN

巴黎也会让人伤心
Paris Is Sometimes Sad

第二天一大早,格雷戈里奥驾驶着皮拉尔号来到附近的一个船坞。我们驶向开阔海域,开始了一天的钓鱼活动。欧内斯特像往常一样,双脚一踏上甲板,就因大海而兴奋起来。赤裸的双脚踩在柚木上,仿佛让他精神倍增;走向控制室、在船上走动时,动作要比在泳池里稳健得多。

经历了基韦斯特让人难以忍受的酷热后,来到微风徐徐、清爽宜人的海上,简直就是一种享受。我们架起几根鱼钩钓马林鱼,尽管后来表明欧内斯特关于马林鱼不当季的预言准确无误,但我们为了保证收成,还是多抛了几根鱼竿,挂上小一些的诱饵。

虽然预言成真,我们还是得到了补偿。我钓到一条大个头的刺鲅,欧内斯特用马林鱼的鱼钩钓到一条八英尺长的旗鱼,旗鱼反抗激烈。格雷戈里奥十分专业地掌着舵，在他的帮助下，欧内斯特很快就把它钓了上来，以防旗鱼被鲨鱼吃掉。

下午，格雷戈里奥为我们准备了丰盛的午饭，有红斑鱼、红花米饭，还有炸香蕉。

饭后，欧内斯特去船舱内午休，我则坐在船头，看着成群的鱼在船的前方跳来跳去。

傍晚时分，欧内斯特爬到顶甲板，从格雷戈里奥手中接过舵，朝驳船海湾驶去。他从充当椅子的木制冷藏箱里取出一些冰镇啤酒，给我讲起他曾经和哈德莉运气出奇的好，接连几天捕到了16条马林鱼，这样的成绩对于他来说要比获得普利策奖[①]还重要。

夜幕降临，华灯初上，欧内斯特重新把舵交给格雷戈里奥。我们坐在船尾，喝着格雷戈里奥为我们调制的代基里酒。

"霍奇纳老兄，"欧内斯特说，"我们是时候回奥特伊让他们知道知道海姆霍奇财团的厉害了。"

[①] 普利策奖（Pulitzer Prize），1917年设立，被称为"新闻界的诺贝尔奖"；1953年，海明威以《老人与海》一书获得普利策奖。——译者注

"我随时愿意回到巴黎。"我说。

"我也是,但有时巴黎也会让人伤心。有一次我远征狩猎回来路过巴黎,刚巧斯科特也在。"

我问他那时是不是还和宝琳在一起。

"是的,但没过多久就离婚了。可怜的斯科特,他是来取之前存放在那里的东西的,他状态糟透了。"

"他当时和泽尔达一起吗?"

"没有,他只能把她安顿在某个地方让他人照料。他感觉自己失去了亲人,为自己也为她难过。我们在丁香园咖啡馆吃了晚饭。'想想,'他说,'十年前,我们分别是黄金女郎和温文尔雅的丈夫、天才作家,一对金童玉女。你再看看现在,她被关了起来,我成了废物。你一定记得我说过希望自己在30岁时死去——如今我已经过了30岁生日,生命即将走向尽头。我曾经有两大乐事——写作和喝点小酒。泽尔达情况不好、我心情低落时,我还可以经常去丽兹酒吧喝上半个小时,找回自尊。但后来,我不得不把泽尔达送去疗养院,我只有喝得酩酊大醉才能离开她,第二天我就要为醉酒付出代价。我试着去写作,但我已经忘记自己是如何在痛苦之中把《盖茨比》从我肚子里挖出来的了。现在痛苦是有的，但肚子里却装满了博若莱红葡萄酒（Beaujolais）。所以，工作的乐趣和喝酒的乐趣都没有了，还永远地失去了泽尔达，而且，我已经过了30岁了。所以，我这时候死去再合适不过了。你说得对，海姆，酒鬼和疯子结婚，绝不是完美结合。'①

"我对他说，关于我，他也说中了。在我那痛苦的一百天里，他就做出了判断：如果一个男人同时与两个女人纠缠不清，最终他会一无所获。我告诉他，宝琳终于还是要和我离婚了。"

"'哦，天啊，我们都是失败者，对吗？'"

"选择宝琳是我的错，致命的错误，就是这样。军队在本该前进的时候却选择了撤退。不管人们怎样让你重温过去，我们都没有那座桥梁，过去已经回不去。或

---

① 彼时，泽尔达罹患精神疾病，斯科特沉溺于酒精，两人的婚姻名存实亡；1940年，四十四岁的斯科特死于酗酒引起的心脏病，去世前已经破产；七年之后，泽尔达所在的精神病院失火，她被困于顶楼，活活烧死，年仅四十七岁。舆论普遍认为泽尔达的奢靡和占有欲毁掉了斯科特，实则两人相互成就，也相互毁灭。——译者注

许,如果我没有一夜成名的话……我也不知道会怎样。同宝琳结婚这些年,我远离了巴黎,失去了明辨什么可以依靠、什么不可以依靠的能力。她的财富和我轻易得来的名望突然把生活打断。我们过着各自不同的生活,毫无共同话题,连孩子也不需要我们一起抚养,有很多人帮忙照顾他们。她的金钱让我们两个人都堕落了。她不知道自己是怎样的一个人,或者想成为一个怎样的人。她希望得到我的影响。她在不停地追逐我,而我在不停地逃。

"但并不是所有事上都这样,我们没有吵过架。事实上,我们都很体谅对方,但作为夫妻,我们却很平淡。在一起时很无聊,没有共同点,话不投机,经常自己做自己的事。我们有各自的朋友圈子,两个圈子也玩不到一起。她试着用她的金钱把我们联系起来,但这样只会让我更加排斥。我自己赚钱了,而且在金钱上我必须独立。

"'关于名声,我提醒过你,'斯科特说,'奋斗要比名声重要得多。'

"我把我的幸运符递给斯科特,"欧内斯特说,"也就是那对破旧的兔脚,让他交给泽尔达。"

"'那你怎么办?'他问我。

"'我已经不需要了,'我对他说,'我能把握住的好运,我都已经得到了。'"

格雷戈里奥给我们拿来烤八爪鱼,倒满代基里酒。

"终于和宝琳离婚了,你一定轻松了许多。"我说。

"是的,但也有负面影响。起初,我和孩子们不太亲密——我跟你讲过,他们很小时我就离开了。他们一两岁时总要换尿布,还会得小儿疝气,我只是不太擅长应付这些——但后来我试过去弥补。我和邦比相处得不错,我们定期见面,每个假期他都会和我一起度过。'二战'时,他在战略情报局[①]晋升到上尉头衔——他长大后改名叫杰克(Jack)。他跳伞降落在德国战线后方,后被俘虏,但成功逃脱,战功突出。我以为他这辈子会

---

① 战略情报局(Office of Strategic Services,OSS)是美国在二战期间成立的一个情报组织,由西奥多·富兰克林·罗斯福总统下令成立,正式存在时间为1942年—1945年,局长一直为威廉·约瑟夫·多诺万。该组织为后来中央情报局的前身,二战结束后杜鲁门总统将其解散。——译者注

一直从军，但后来他选择了退伍，成为一名证券推销员。

"我离婚之前，和格雷戈里、帕特里克的关系一直都还好。我和吉吉（Gigi，格雷戈里的小名）关系最为亲密。在庄园前的空地打棒球的时候，吉吉总是试着在第一次投球时击中他人头部，好把对方赶出本垒。他对我也是如此，我从泥土里爬起来后走到他身边，说：'难道你不知道最好不要打到你的亲生父亲吗？'他像非洲野猪一样残忍地看着我，说：'难道你不知道球场上无父子吗？'

"其实不和他人竞争时，他是个很有礼貌的孩子，可以说是三个孩子中，我唯一引以为豪的。但他在坎特伯雷中学①接受了矫揉造作的天主式教育，他不喜欢那里的老师，也不喜欢那里的同学，那里禁锢了他的内心。我的高祖母是夏安族（Cheyenne），吉吉是唯一继承了印第安血统的人，他不像切罗基族人（Cherokee）、迪格尔族人（Digger）、派尤特族人（Paiute）、纳瓦霍族

---

① 坎特伯雷中学（Canterbury School），建校于1915年，一直由罗马天主教管理。——译者注

人（Navajo），也不像其他任何不幸的民族，而是像北夏安族人（Northern Cheyenne），而且像我一样，集中了这些民族人民身上的所有缺点。[①]

"离婚后，我和吉吉、帕特里克的关系就彻底变了。她挑拨离间，让孩子们反感我，还让本来风平浪静的两个孩子吵了不少架。于是，吉吉的生活就被毁掉了。他本来读了医学院，但离婚后宝琳对我大加指责，他就开始酗酒、吸毒，离经叛道。我不会去干涉他的所有行为，但令人痛心的是他不停地触碰法律。宝琳是他的监管人，我试着让她控制他，但他已经偏离正轨太多。我无能为力了。"

欧内斯特说，帕特里克来古巴看望他时，发生了不愉快的事情，因此他们的关系一直不是很亲密，但尽管如此，他们相处得还算不错。欧内斯特说，帕特里克从基韦斯特出发的前一天坐在他哥哥驾驶的名爵车[②]

---

① 夏安族（Cheyenne），切罗基族（Cherokee），迪格尔族（Digger），派尤特族（Paiute），纳瓦霍族（Navajo），均为北美印第安原住民族。——译者注
② 名爵（MG，MorrisGarages），英国汽车品牌，成立于1924年。——译者注

的副驾驶位置，车撞倒了树上，因此，他到达古巴的第二天，由此引发的脑震荡便发作了。欧内斯特说，几个星期里，帕特里克一直神志不清，身体也很疲累。他出了很多力，生病期间没日没夜地陪在他身边，给他找技术精湛的医生，让他得到专业的治疗。但当帕特里克完全恢复、神智清醒后，却失忆了。就在这时，宝琳告诉帕特里克，欧内斯特抛弃了他，对他不管不顾，并把欧内斯特在古巴时所做的一切都安到了她自己身上，说是她在基韦斯特照顾的他。"所以难怪他反感我，"欧内斯特说，"但他是个好孩子。他在哈佛以极优等的成绩[1]毕业，毕业后去了坦噶尼喀[2]，为非洲远征队做白人向导，并且在那里试验成功，种植了玉米。"

"你说得对，老爹，"我说，"孩子们的这些事确实让人难过。"

"巴黎还发生了更让人难过的事。"他缓缓地摇摇

---

[1] 原文为 magna cum laude；拉丁文学位荣誉，是许多欧美国家大学的传统评分标准，Summa Cum Laude- 最优等，Magna Cum Laude- 极优等，Cum Laude- 优等。——译者注
[2] 坦噶尼喀（Tanganyika），坦桑尼亚的一部分，位于非洲东部。——译者注

头回忆着。

"我当时在利普咖啡馆有围栏的露台上喝东西——那里有一个出租车站台。一辆车停靠后,下来一位乘客,天啊,竟然是哈德莉!离婚以后我就再也没有见过她,她衣着光鲜,还是我记忆中那么漂亮。我朝她走去,她看见了我,倒吸了一口气,然后便敞开手臂抱住了我。她靠在我身上,让我呼吸急促。她退后一步,盯着我看。

"'天啊,欧内斯特,'她说,'你一点没变。'

"'你可不是。'

"'是吗?'

"'你看上去更美了。'

"'我一直在报纸上关注着你的消息。《永别了,武器》太棒了!你很浪漫。'

"'你还住在这里吗?'

"'是的,暂时住这里。'

"'你还和那个谁在一起?'

"'是的,我还是那个谁的夫人。'

"我请她进利普咖啡馆喝了些香槟,聊了聊我们朋友的近况。我说:'你知道吗,哈德莉,我经常想起你。'

"'现在也是吗?'

"'你知道我现在想起什么吗?《太阳照常升起》出版的当天晚上,我系上领带,我们去了丽兹酒吧喝香槟,杯底还有野生草莓[①]。人年轻且内心满怀希望的时候,贫穷竟也是件浪漫的事。'

"'我记得,'她说,'我还记得那次你崴了脚,我们不得不让你坐在雪橇上把你弄下山。'

"'我们一起学的滑雪,但你的技术要比我好太多。'

"'说不上好,只是比较小心而已。还有,你的一条腿里尽是子弹碎片,能滑雪也是个奇迹了。你知道吗,我们分开后我就再也没有滑过雪。'

"'我也再也没有去过施伦斯、布卢登茨那些曾经属于我们的地方。我还记得我们曾经在昂吉安赛马场(Enghien)野餐的场景,第一次去潘普洛纳、科尔蒂纳丹佩佐、黑森林[②]的情景,还有我们一起唱过的那些歌。'

---

① 原文为 fraises des bois,法语。——译者注
② 布卢登茨(Bludenz),奥地利南部边境小镇;科尔蒂纳丹佩佐(Cortina d'Ampezzo),意大利北部乡间小镇;黑森林(Black Forest),德国南部山地、度假胜地。——译者注

于是我唱了起来，哈德莉也跟着哼：

A feather kitty's talent lies,

In scratching out the other's eyes.

A feather kitty never dies,

Oh immortality.

"'你知道吗，哈德莉，就在昨天我看见一个吉普赛人乞讨，我还想起那时我们在卡马尔格①，你是个多么漂亮的吉普赛美女！'

"'哦，天啊，你还记得那件事？当时我们为了闯入吉普赛舞会，在脸上涂满核桃汁。'

"'是啊，想象着那里的美食和喝不完的酒，我们都兴奋极了。'

"'我们一定是饿坏了，才会闯入吉普赛人的舞会。'

"'我们当时要饿死了。我们身无分文，已经好几

---

① 卡马尔格（Camargue），法国南部地区，罗讷河三角洲的两支流间，多沼泽和草地。——译者注

天没吃东西了,你不记得了?'

"'后来我们发现,根本没有吃的,也没有酒,吉普赛人就是在泥地里跳舞而已。'

"'最糟糕的是,过了一个多星期,我们才把核桃汁洗干净。'

"'你打扮成吉普赛人,十分英俊。我现在还能想象到你把那条丝巾系在前额的样子。'

"我问她能不能和我共进晚餐。她看着我,回忆着过去。她想了一会儿。

"'我猜答案是不能,'"我说,"'我没有恶意——只是想看着你坐在我对面。'

"'你知道吗,欧内斯特,'她说,'如果我们当初不是那么美好,我或许也不会那么快就离开你。'

"'曾有过很多次我以为你从我身边路过。有一次是在信号灯处停着的出租车里,还有一次是在卢浮宫,一个女人的头发颜色、走路姿态、身材都和你很像,在博物馆里,我一路追随着她。或许你会认为,随着时间

的流逝，见不到你也收不到你的消息，你会在我心中淡去，但恰好相反，你现在在我心里的地位和过去丝毫没有改变。'

"'我会一直爱你，塔蒂（Tatie），我在橡树公园和巴黎有多爱你，我将来也会多爱你。'她举起酒杯和我碰了碰杯，喝下余下的香槟，然后把酒杯放下。'我必须去赴约了。'她说。

"我护送她到街角，陪她一起等红灯。我说，我仍记得我们当年一起做过的美梦，尽管我们没有面包、没有美酒。'虽然我们日子艰苦，但你一直信任我。哈德莉，我希望你知道，我作品中任何一位女性的原型都是你。我会用我的余生去寻找你。'

"'再见了，我的塔蒂。'

"绿灯亮了。哈德莉转过身吻了我，那是意味深长的一吻，然后穿过马路。我看着她离去，她走路的样子是那样熟悉，那样优雅。"

海岸的灯光在远处亮了起来,海上飘来缥缈的歌声。欧内斯特仰着头,紧闭双眼,或许是在回忆哈德莉离开利普咖啡馆时的样子:她转过头,最后看他一眼,然后消失在了拥挤的行人中。

格雷戈里奥掌着舵,码头越来越近。欧内斯特说:"后来,我再也没有见过她。"

图七 欧内斯特第一次被圣玛丽医院精神科意外释放,照片拍于爱达荷州凯彻姆的家中。我拍完这张照片不久,他就再次被强行送入医院。

第十一部分
PART ELEVEN

圣玛丽医院的病房
That Room at St. Mary's

欧内斯特和苏珊护士回到病房，他看到我坐在窗口，露出灿烂的笑容，说："雀斑先生！"然后转而对护士说："苏珊，给我和雀斑先生上点茶怎么样？"

"海明威先生，您应该午休了。"她说。

"这个时刻我还应该被放出去呢！我们先喝点茶，然后再午休。'午休'这个词可是托儿所专用的，还有你也是。"

苏珊护士去取茶水了。

"雀斑，你坐椅子，我坐床上。你真应该看看那两位医生的样子，他们一遍又一遍地测量着我不平稳的血压，测定我还能承受多少次电休克治疗。'你们把我的记忆力都给毁了，'我对他们说，'继续害我吧，这样我就可以忘记你们两个了。'"

"他们打算停止治疗吗？"

欧内斯特说："做电休克治疗的医生们不了解作家，也不了解懊悔以及这种心理对作家们的影响。应该让所有精神病医生学一门创作课程，这样他们就了解作家了。我们换个话题吧。你离开好莱坞之前去看过库珀了吗？"

"是的，我去了他家。"欧内斯特指的是电影明星加里·库珀[1]。很久以前，他扮演过电影版《永别了，武器》中的中尉亨利，打那以后，他们成了要好的朋友。库珀还主演了《丧钟为谁而鸣》，这部电影票房大卖，但欧内斯特却不满意。他认为联袂主演的英格丽·褒曼[2]不符合书中农家少女形象，反而像是从阿贝克隆比＆费奇化妆品广告里跳出来的赫莲娜·鲁宾斯坦女士[3]。令欧内斯特气愤的是，在那个著名的睡袋场景里，库珀和英

---

[1] 加里·库珀（Gary Cooper，1901—1961），美国知名演员，曾获得两次奥斯卡最佳男主角奖和一次金球奖最佳男主角奖，坚毅、果敢、言辞简约是加里·库珀留在广大影迷心中的印象，在银幕上他重新定义了好莱坞的英雄形象。——译者注

[2] 英格丽·褒曼（Ingrid Bergman，1915—1982），曾获得两次奥斯卡最佳女主角奖，一次最佳女配角奖。——译者注

[3] 阿贝克隆比＆费奇（Abercrombie and Fitch），美国时尚品牌，创立于1892年；赫莲娜·鲁宾斯坦（Helena Rubinstein，1871—1965），美国女美容师，1902年创立HR赫莲娜美容品牌。——译者注

格丽发生关系时竟然连夹克衫的扣子都没打开。尽管如此,大家还是选中库珀主演我和欧内斯特准备改编的电影《渡河入林》。但如今这项安排已经取消,因为库珀不幸被检查出前列腺癌症晚期。我去看他时,他已经成了一个废人,在阴暗的房间里一动不动地躺着。

"我前几天给库珀打电话了,"欧内斯特说,"他状态非常不好,是吧?他跟我打赌说他一定比我先死。真是个胆小鬼!忘掉那些虚荣吧——什么尊严,勇气,刚毅——都是狗屁!人就是要直面死亡,胆小鬼!"

我知道一直以来欧内斯特对死亡都有着十分强烈的情感,尤其是现在。被人说是自寻死路,激起了他的愤慨。

"人们总是说我这一生都在寻找死亡。死亡可以让你安然永眠,没有烦恼,无需工作。如果你一生都在小心翼翼地躲避她,一点儿也不反抗,也不像研究妓女那样研究她,或许我们可以说你研究过了,但你还是没有找到她。尽管了解不多,但你确定,如果找到她,你就会拥有她。而且按照她的做事风格,你知道她一定会给你带来某种绝症。追求死亡也不过如此,她也就是个妓女而已。"

苏珊护士端着餐盘回来了，餐盘上有两杯茶，两块饼干。欧内斯特说，他偷藏了一瓶伏特加，可以代替茶水，但被她找到了，苏珊就是个侦探。她对他笑了笑，走开了。

我们饮着茶，吃着饼干。

我对欧内斯特说，他刚刚给我的献给哈德莉的最后一张手稿，我看过了，非常感动。我说："从没有一个男人如此深爱一个女人，也没有一个男人如此深情地描写过这样的爱。真希望有一天我也会遇到一个让自己如此深爱的女人。"

"我和哈德莉很幸运，我们相遇是上天的安排。哈德莉对我很有信心，这就足以让我忘掉被拒稿的痛苦。那些短篇小说，写作的过程就很痛苦，被拒稿时更痛苦。你本来对自己辛辛苦苦创作出来的作品非常有信心，但当你发现后面附了一张打印的拒稿信，这实在让饥肠辘辘的你难以接受。先生，您好！很遗憾地通知您，您的投稿不符合我们的编辑要求。去他妈的！我还要很遗憾地告诉你，你的拒稿信不符合我的编辑要求呢！

"哈德莉会看到被我撕碎的拒绝信，告诉我不要气馁，她喜欢我的作品，将来有一天一定会有人出版，而且这些书会大卖特卖，我手举烟斗微笑的照片也会挂在书店的橱窗里。

"她会双手捧着我的脸，拉紧我，拥抱我，让我感觉我们的感情绝无仅有，而且这种感情会陪伴我们走到世界尽头。"

"你的字里行间把这种感情表达得非常清楚，"我说，"把那群富豪介绍给你认识的那条'引水鱼'是谁？"

"约翰·多斯·帕索斯。他是好心，但他本该知道这样不好。"

"富豪都有谁？"

"萨拉·墨菲和杰拉尔德·墨菲夫妇俩。"

"但他们对你很忠诚。"

"忠诚得有些过了。"

"你作品中的巴黎可是帮了你的大忙。"

"最好的那一部分是我很久以前写的了，要是我能写完就好了，我只需要一句真实的话语来结尾。我日复一日地在这张桌子旁绞尽脑汁地思考，却只是徒劳。那些医生吵得我头要炸了，折磨得要死，他们彻底把我毁了，我什么都写不出来，墨尽词穷。"

"他们是为了不让你自杀。"

"可是他们给了什么能让我活下去的东西了吗？我61岁了，却一无所有。我答应自己一定要写的书和短篇小说永远也写不出来了。我这样年岁的人在乎什么？身体健康，工作有所成就，和自己在乎的人一起吃吃喝喝，床事，去喜欢的地方旅行。这些全不让我做，我还活着干什么？如果我写不出东西，怎么交税？我跟你说，他们在追查我。走廊里的电话被窃听了，这个房间也是。苏珊护士给联邦调查局汇报我的情况。"

"老爹，别再这么疯狂下去了。"

"我疯了,对吗？她在的时候,你说话可要小心点。"

"联邦调查局为什么要……"

"我写过很多背景发生在外国的可疑的书，比如法国、意大利、共产主义国家古巴、法西斯主义国家西班牙。那些年围在我身边的都是古巴的共产党员。我会打枪，会讲约翰·埃德加·胡佛[1]听不懂的语言。

---

[1] 约翰·埃德加·胡佛（John Edgar Hoover, 1895—1972），美国联邦调查局第一任局长。——译者注

我的律师、医生还有银行经理都是他的同谋。他们已经把我的银行账户夺走了,我可能连医药费都没钱付了。他们在调查我,让我补交税款。我已经试着去正确对待生活,但他们只想让我按照他们的方式生活,那我就把我的生命交给他们,他们可以尽管拿去。这就是我这条千疮百孔的命,他们想要的就是这个吗?拿去吧!全归你们!"

他的恐怖症、妄想症、强迫症,丝毫没有好转。这些话我已经听了无数遍。

"听着,欧内斯特,我们需要你活下去,全世界的人都需要你活下去。"

"太晚了,雀斑。我已经办好出境签证。"

此刻,他的眼睛里噙满泪水。天色已黑,窗外的街灯反射到房间里。欧内斯特低下头,下颌抵在胸口,闭上双眼。走廊里传来医护人员的声音。一辆救护车驶入医院,警报声穿透房间,从病房外驶过时,闪动的红色警灯照亮病房的窗子。低沉的广播里正叫着医生。我感觉自己与欧内斯特十分亲近,他就是那个老爹。他很痛苦,医生却无法减轻他的痛苦,他们无能为力，我也如此。

欧内斯特抬起头，轻轻点了几下，仿佛是认同自己内心的某个想法，或是渴望，或是承认着什么。

"雀斑，"他轻柔地说道，声音低得我几乎听不见，"请你告诉我：年纪尚轻的男人第一次坠入爱河时，他怎么能知道那就是他一生唯一的真爱？怎么能知道呢？到底要怎么才能知道？"

他热切地看着我，仿佛是在寻找答案。

他摘掉眼镜，放在床头桌上，用床单的顶端擦了擦双眼，把床单盖在脸上。他透过床单重复道："他怎么能知道呢？"

房间里一片死寂，只能听见从远处街道上传来的声音。"雀斑，"欧内斯特在床单下说，"我想我最好睡一会儿，否则苏珊护士又要告密了。如果走运的话……没准我会梦到巴黎。"

我在那儿坐了一会儿。我得走了，因为我要赶飞机，但把他留在这个牢笼般的房间里，我感觉自己背叛了他。这个奉献了自己的好人，结果只得到这么一点点东西。我为他感到悲伤，为他在这场不公平的游戏中落得的微薄生活感到悲伤。

我眼前的这个人，他曾坚决反对猎杀水牛，对德国执行过空袭任务，拒绝接受广为流行的写作风格，忍受着贫困和他人的否定，坚持自己独特的写作方式……就是他，我最真挚的朋友，此时却怕了——害怕联邦调查局追查他，害怕自己的身体倾颓，害怕朋友攻击他，害怕除了死去，自己别无选择。

尤其让我难过的是，他处在这般狂风暴雨中，我却无力拯救他。

他睡着了。我坐在那里，记起他讲过的关于梦的一段话：

"每当我梦到天堂里的来世，地点总是在巴黎的丽兹酒店。那是一个美好的仲夏夜。我坐在酒吧里喝了几杯马提尼酒，窗外是康邦街（Cambon）。然后去格里尔街（Grill）对面的小花园（Le Petit Jardin），在花团锦簇的栗子树下吃一顿美味的晚餐。几杯白兰地过后，我漫步走回丽兹酒店，爬上大床。那些床都是铜管床。床上有一个为我准备的大如格拉夫·齐柏林号[①]的长枕，还有四个装满天然鹅毛的方形靠垫——其中两个是给我用的，另外两个是为我的美丽伴侣准备的。"

如果我再待上一两天，或是更多天，我也无法让他缓解痛苦，结果只能是让我自己更加绝望。我不情愿地站起身，穿过房间。他那探寻的微弱声音永远在我耳边回响，戳痛我的内心："他怎么能知道那就是他一生唯一的真爱？怎么能知道呢？"

我推开门，走廊里空无一人。

我悄悄地关上门，希望我的朋友梦到自己此时正在丽兹酒店，在他最喜欢的朝向花园的房间里，躺在大铜管床上，美丽伴侣就在他身边，而我相信，那就是哈德莉。

[①] 格拉夫·齐柏林（Graf Zeppelin），德国造航空母舰，1938年下水，1945年自沉。——译者注

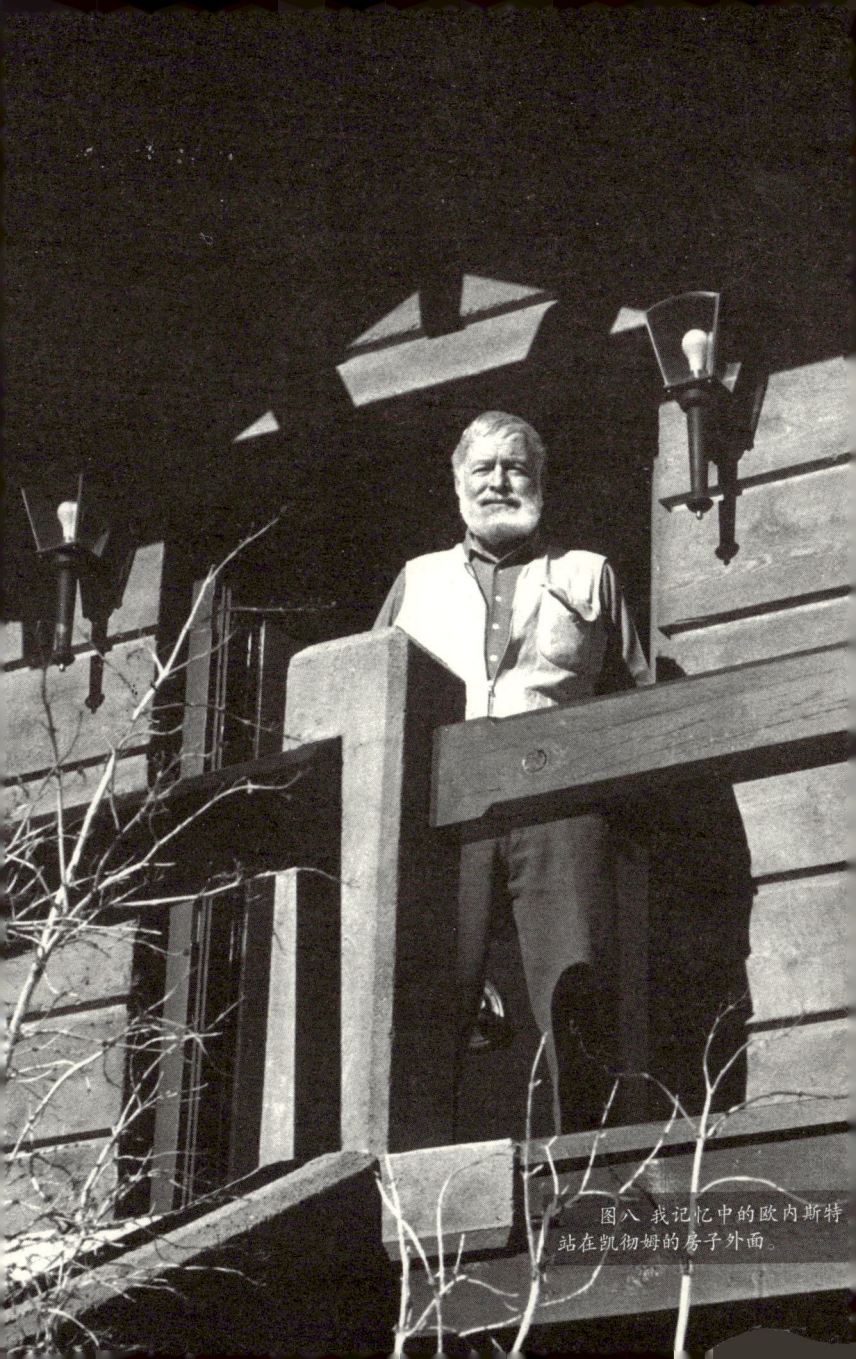

图八 我记忆中的欧内斯特站在凯彻姆的房子外面。

后　记
Postscript

我离开两周后,他没有做完医生规定的一疗程电休克治疗,梅奥诊所的医生就让他出院了。

又过了一周,他在爱达荷州凯彻姆的家里自杀。

他去世50年后,联邦调查局为了回应人们关于信息自由法的请愿,公开了海明威的档案。档案显示,约翰·埃德加·胡佛因怀疑欧内斯特在古巴的行为,从20世纪40年代初就开始对海明威进行监视。接下来的几年里,特工向上汇报关于他的各种信息,并窃听他的电话。他在圣玛丽医院住院期间,也始终被监视。所以,很可能他房间外走廊里的电话被窃听了,苏珊护士也很可能是为联邦调查局提供信息的人。

欧内斯特献给巴黎和哈德莉的作品在他去世后得以出版。为了纪念他,我给这本书取名为《流动的盛宴》(A Moveable Feast)。

我曾经希望有一天我也能遇到一个像他爱哈德莉一样爱得那么深的女人。如今,我的愿望已经实现。

图片来源

图一 圣佛明节时,欧内斯特和霍奇纳在巧克酒吧喝酒的照片(1954年,西班牙,潘普洛纳。A. E. 霍奇纳个人收藏)。

图二 欧内斯特在举办60岁生日派对,和妻子玛丽围坐在礼物旁的照片(1959年,西班牙,邱里亚纳村。A. E. 霍奇纳)。

图三 欧内斯特带哈德莉和小邦比愉快度假,躲避巴黎寒冬的照片(1925年,奥地利,施伦斯。A. E. 霍奇纳个人收藏)。

图四 我们在伊拉蒂河边野餐的照片，一条猎狗从附近的丛林中神秘现身（1959年，西班牙，潘普洛纳。A. E. 霍奇纳）。

图五 欧内斯特在基韦斯特的盐水泳池中游泳。1955年我看望他时拍下这张照片（A. E. 霍奇纳）。

图六 这是欧内斯特在匆忙离开古巴前，我给他拍的最后一张照片。他把所有财产都留在了那里，却再也没有回来（1960年，瞭望山庄。A. E. 霍奇纳）。

图七 欧内斯特第一次被圣玛丽医院精神科意外释放，照片拍于爱达荷州凯彻姆的家中。我拍完这张照片不久，他就再次被强行送入医院（A. E. 霍奇纳）。

图八 我记忆中的欧内斯特，站在凯彻姆的房子外面（A. E. 霍奇纳）。

读者 Readers 回函表
WIPUB BOOKS

电子回函表入口

姓名：_____ 性别：____ 年龄：____ 职业：_____ 教育程度：_____

邮寄地址：_____ 邮编：_____
E-mail：_____ 电话：_____

您所购买的书籍名称：《恋爱中的海明威》

您对本书的评价：

书名：	□满意	□一般	□不满意	故事情节：	□满意	□一般	□不满意
翻译：	□满意	□一般	□不满意	书籍设计：	□满意	□一般	□不满意
纸张：	□满意	□一般	□不满意	印刷质量：	□满意	□一般	□不满意
价格：	□便宜	□正好	□贵了	整体感觉：	□满意	□一般	□不满意

您的阅读渠道（多选）：□书店 □网上书店 □图书馆借阅 □超市/便利店

□朋友借阅 □找电子版 □其他 _____

您是如何得知一本新书的呢（多选）：□别人介绍 □逛书店偶然看到 □网络信息

□杂志与报纸新闻 □广播节目 □电视节目 □其他

购买新书时您会注意以下哪些地方？

□封面设计 □书名 □出版社 □封面、封底文字 □腰封文字 □前言、后记
□名家推荐 □目录

您喜欢的书籍类型：

□文学-奇幻小说 □文学-侦探/推理小说 □文学-情感小说 □文学-散文随笔
□文学-历史小说 □文学-青春励志小说 □文学-传记
□经管 □艺术 □旅游 □历史 □军事 □教育/心理 □成功/励志
□生活 □科技 □其他 _____

请列出3本您最近想买的书：_____、_____、_____

请您提出宝贵建议：_____

★感谢您购买本书，请将本表填好后，扫描或拍照后发电子邮件至wipub_sh@126.com，您的意见对我们很珍贵。祝您阅读愉快！

编辑 Editors 邀请函
WIPUB BOOKS

亲爱的读者朋友：

也许您热爱阅读，拥有极强的文字编辑或写作能力，并以此为乐；

也许您是一位平面设计师，希望有机会设计出装帧精美、赏心悦目的图书封面。

那么，请赶快联系我们吧！我们热忱地邀请您加入到"编书匠"的队伍中来，与我们建立长期的合作关系，或许您可以利用您的闲暇时间，成为一名兼职图书编辑或兼职封面设计师，成为拥有多重职业的斜杠青年，享受不同的生活趣味。

期待您的来信，并请发送简历至 wipub_sh@126.com，别忘记随信附上您的得意之作哦！

译者 Translator 邀请函
WIPUB BOOKS

电子邀请函入口

为进一步提高我们引进版图书的译文质量，也为给翻译爱好者搭建一个展示自己的舞台，现面向全国诚征外文书籍的翻译者。如果您对此感兴趣，也具备翻译外文书籍的能力，就请赶快联系我们吧！

您是否有过图书翻译的经验：
□有（译作举例：_____） □没有

您擅长的语种：
□英语 □法语 □日语 □德语

您希望翻译的书籍类型：
□文学 □科幻 □推理 □心理 □哲学 □历史 □人文社科 □育儿

请将上述问题填写好，扫描或拍照后，发至 wipub_sh@126.com，同时请将您的应征简历添加至附件，简历中请着重说明您的外语水平。

上海万墨轩图书有限公司